Fabian Lenk

1000 Gefahren in der Schule des Schreckens

In der Reihe „1000 Gefahren“ sind erschienen:

RTB 52340 · Edward Packard, *Die Insel der 1000 Gefahren*
RTB 52343 · Edward Packard, *1000 Gefahren zur Geisterstunde*
RTB 52344 · R. A. Montgomery, *Der Urwald der 1000 Gefahren*
RTB 52345 · Fabian Lenk, *Das Meer der 1000 Gefahren*
RTB 52346 · Fabian Lenk, *Die Pyramide der 1000 Gefahren*
RTB 52361 · Fabian Lenk, *Das Fußballspiel der 1000 Gefahren*
RTB 52363 · Fabian Lenk, *Die Wüste der 1000 Gefahren*
RTB 52366 · Edward Packard, *1000 Gefahren im Weltall*
RTB 52396 · Fabian Lenk, *1000 Gefahren auf dem Piratenschiff*
RTB 52397 · Edward Packard, *1000 Gefahren im Strafraum*
RTB 52407 · Fabian Lenk, *1000 Gefahren im Gruselschloss*
RTB 52408 · Frank Stieper, *1000 Gefahren – Angriff der Roboterspinnen*
RTB 52426 · Frank Stieper, *Das Labor der 1000 Gefahren*
RTB 52437 · Frank Stieper, *1000 Gefahren im Internet*
RTB 52463 · Fabian Lenk, *1000 Gefahren in der Drachenhöhle*
RTB 52474 · Fabian Lenk, *1000 Gefahren bei den Rittern der Tafelrunde*
RTB 52475 · Edward Packard, *1000 Gefahren am Katastrophentag*
RTB 52498 · Fabian Lenk, *1000 Gefahren im alten Rom*
RTB 52501 · Fabian Lenk, *1000 Gefahren im Reich des Pharao*
RTB 52516 · Fabian Lenk, *1000 Gefahren im Fußballstadion*
RTB 52526 · Fabian Lenk, *1000 Gefahren bei den Dinosauriern*
RTB 52541 · Fabian Lenk, *1000 Gefahren bei den Indianern*
RTB 52542 · Fabian Lenk, *1000 Gefahren im Reich des Maharadschas*
RTB 52549 · Fabian Lenk, *Das Handy der 1000 Gefahren*
RTB 52550 · Fabian Lenk, *Die Safari der 1000 Gefahren*
RTB 52555 · Fabian Lenk, *Agent der 1000 Gefahren*
RTB 52556 · Fabian Lenk, *1000 Gefahren in den USA*
RTB 52567 · Fabian Lenk, *1000 Gefahren in der Wildnis*
RTB 52571 · Fabian Lenk, *Die Mannschaft der 1000 Gefahren*
RTB 52572 · Fabian Lenk, *Konsole der 1000 Gefahren*
RTB 52579 · Fabian Lenk, *1000 Gefahren auf dem Mars*
RTB 52591 · Fabian Lenk, *1000 Gefahren in der Schule des Schreckens*

Fabian Lenk

1000 GEFAHREN
DU ENTSCHEIDEST SELBST!

1000 Gefahren in der Schule des Schreckens

Mit Illustrationen
von Stefani Kampmann

Ravensburger Buchverlag

MIX
Papier aus verantwortungsvollen Quellen
FSC® C114500
FSC
www.fsc.org

Als Ravensburger Taschenbuch
Band 52591
erschienen 2018

Umschlag- und Innenillustrationen: Stefani Kampmann
Lektorat: Andreas Rode

Printed in Germany

1 2 3 4 5 E D C B A

ISBN 978-3-473-52591-1

www.ravensburger.de

ally Sander's Special School

Warnung!

Lies dieses Buch nicht in einem Zug von vorne bis hinten durch. Es enthält verschiedene Abenteuer, die du in der Schule des Schreckens erleben kannst. Aber sei vorsichtig, denn überall lauern Gefahren. Ob in den Klassenräumen und Fluren oder auf dem Speicher, ob in der Bibliothek oder im Laboratorium: Nirgendwo kannst du dich sicher fühlen. Und auch deine Mitschüler und Lehrer sind dir nicht alle wohlgesonnen. Ganz zu schweigen von den Geistern, die in der Schule des Schreckens ihr Unwesen treiben ...
Überleg also gut, wem du Vertrauen schenkst. Denk nach, bevor du dich entscheidest. Wenn du einen Fehler machst, gibt es kein Zurück! Dein Überleben hängt von deinem schnellen und guten Urteilsvermögen ab.

Viel Glück!

Du bist Tim, ein echt schlaues Kerlchen. Viele sagen, dass du es einfach draufhast: Du bist witzig, schlagfertig und sportlich. Du bist einfach eine coole Socke.
Doch du bist nicht nur eine coole, sondern auch eine verdammt faule Socke. Vor allem in der Schule. Bei dir stimmt der alte Spruch: Wenn Faulheit wehtäte, würdest du den ganzen Tag vor Schmerz schreien.
„Macht mal langsam, Leute", pflegst du zu sagen, wenn man dich deswegen dumm anredet. „Chillt mal, Leute. Streber gibt es doch genug, oder?"
Und warum das arme Gehirn mit all dem Kram belasten, den man später sowieso nicht mehr braucht?, fragst du dich. Mit Logarithmen oder Gedichtinterpretationen? Mit chemischen Formeln, die länger sind als der Hals einer Giraffe?
Nö, damit sollen sich andere belasten. Du machst mal lieber die Konsole an! Die Hausaufgaben können warten. Vielleicht erledigst du das heute Abend noch. Vielleicht … Oder morgen kurz vor der ersten Stunde. Alex lässt dich oft abschreiben. Zack, zack – schon ist das erledigt.
Auf dem Bildschirm erscheint dein neues Lieblingsspiel! Yes, jetzt wird gezockt!
Doch da ertönt die Stimme deines Vaters: „Tim, komm sofort runter!"

Lies weiter auf Seite 33

8

Das ist euch zu unheimlich! Ihr saust ins Zimmer zurück. Zum Glück herrscht bald völlige Stille. Du sinkst in einen tiefen Schlaf.

Am nächsten Morgen tönt ein schriller Alarmton durch das alte Schulgebäude. Das Wecksignal! Wie ätzend ist das denn? Beim Frühstück setzt sich Larry neben dich.

Du nimmst dir eine ordentliche Portion Rührei, stellst deinen Teller auf dem Tisch ab und holst dir ein Glas Orangensaft. Als du zu deinem Platz zurückkehrst, hat sich das Rührei in einen Berg Spinat verwandelt. Du hasst Spinat!

„Wunder dich nicht, das ist hier völlig normal", sagt Larry zu dir. „In dem alten Kasten spukt es!"

Irre, denkst du und holst dir eine neue Portion Rührei, die du diesmal nicht mehr aus den Augen lässt. Dennis bekommt deinen Spinat.

Auch beim Unterricht geht es nicht immer mit rechten Dingen zu – Sachen verschwinden auf unerklärliche Weise. Ein Stück Kreide macht sich selbstständig und schreibt einige seltsame Schriftzeichen an die Tafel. Die Lehrer und die Schüler, die schon länger an der Schule sind, nehmen es gelassen.

Aber dir lässt das Ganze keine Ruhe – haben diese seltsamen Vorfälle mit den Geräuschen auf dem Dachboden zu tun?

Als es Nacht wird, stiefelst du noch einmal hinauf …

Lies weiter auf Seite 38

Du bläst die Backen auf. Sitzen bleiben? Schock! Damit hast du nicht gerechnet. Du hast geglaubt, dass du dich mit ein bisschen mehr mündlicher Mitarbeit retten kannst …

„Weißt du, was mich daran vor allem ärgert? Dass das völlig überflüssig ist. Denn du bist alles andere als dumm, du bist einfach nur stinkfaul!“, schimpft dein Dad.

Hm, da könnte er recht haben, denkst du.

„Ich rede noch mal mit dem Lehrer“, sagst du schwach. „Und vielleicht mache ich noch ein Referat, um mich zu verbessern.“

Doch deine Mutter schüttelt den Kopf. „Zu spät, mein lieber Sohn. Nur in Sport hast du eine Eins. Aber in Mathe bist du genauso schlecht wie in Deutsch, Kunst, Englisch oder Erdkunde. Du bleibst wieder mal sitzen.“

So ein Mist!, denkst du. Ziemlich peinlich. Es ist schon die zweite Ehrenrunde.

„Wir glauben nicht, dass es etwas bringt, wenn du die Klasse an deiner bisherigen Schule wiederholst“, sagt dein Dad. „Außerdem reicht es uns mit deiner Faulheit. Du kommst auf ein Internat, damit aus dir doch noch etwas wird: auf die Sally Sander's Special School, eine Schule für ganz besondere Kinder und Jugendliche. Dieses Internat genießt einen hervorragenden Ruf. Außerdem stehst du dort unter ständiger Beobachtung!“

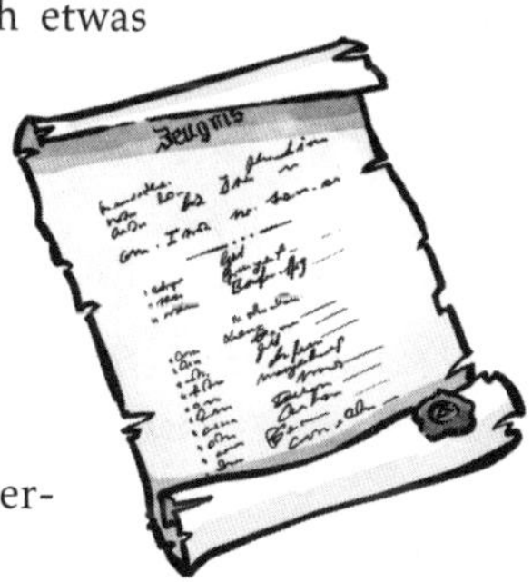

O Gott!, denkst du nur. Aber jeder Widerstand ist zwecklos.

Lies weiter auf Seite 100

„Ich wette, dass Anger gerade nach dem Schatz gräbt", sagst du. „Wir müssen ihn dort weglocken – dann gehört der Schatz uns!"

Larry lacht. „Coole Idee. Nur – wie willst du das anstellen?"

„Ganz einfach: Einer von uns beiden spielt den Lockvogel. Er zeigt sich Anger, der ihm garantiert hinterherrennen wird. Und der andere nutzt die Zeit, um sich den Schatz unter den Nagel zu reißen. Später teilen wir."

Larry überlegt einen Moment. „Okay, klingt gut. Aber du bist der Lockvogel. Es war schließlich deine Idee!"

**Wenn du dich darauf einlässt,
lies weiter auf Seite** 19

**Wenn du versuchst,
Larry dazu zu überreden,
dass er den Lockvogel spielt,
lies weiter auf Seite** 80

Du schleichst aus dem Raum und rufst die Polizei, die kurz darauf mit einem Großaufgebot anrückt, Sander überwältigt und Larry befreit.
Dein Freund ist natürlich überglücklich. Als Dank für deine Heldentat bekommst du einen Monat Sonderurlaub, den du in dem schicken Ferienhaus von Larrys Eltern verbringen darfst.
Außerdem wirst du für ein halbes Jahr von den Hausaufgaben befreit.
Läuft, oder?

Ende

12

Niemand kann dich zwingen, dieses abweisende Gebäude zu betreten. Dafür muss doch jeder Verständnis haben, oder?
Dumm nur, dass das Taxi bereits weg ist. Egal, du zückst das Handy und willst dir ein neues rufen. Aber was ist denn das? Kein Empfang …
Mein Gott, wo bist du hier nur gelandet?
Aber du bist ja sportlich. Zwar gehört Wandern nicht zu deinen Lieblingsdisziplinen, aber jetzt hast du keine andere Wahl. Also stiefelst du los und läufst die Serpentinen zum Dorf hinunter. Du hoffst, dass in dieser menschenleeren Gegend zufällig mal ein Autofahrer vorbeikommt, der dich mitnimmt.
Irrtum. Niemand kommt.
Irgendwann reicht es dir und du entscheidest dich, statt der Serpentinen eine Abkürzung zu nehmen: Du schulterst den Koffer und kletterst einen steilen Pfad hinunter.
Doch dabei rutschst du aus und fällst in eine Schlucht!

Ende

„Das finde ich nicht so toll", maulst du.
„Wie bitte?", brüllt dein Sportlehrer.
„Ich würde lieber ins Freibad!", sagst du.
Strongs Gesicht beginnt, sich rot zu verfärben.
„Oder in den Freizeitpark", ergänzt du.
„Ach ja?", schnauft Strong. „Der Herr wünscht also ein Alternativprogramm?"
Du nickst.
„Das kannst du haben", schreit der Lehrer.
Cool, denkst du. Es lohnt sich eben, auch mal den Mund aufzumachen.
„Du wirst jetzt zurück in die Schule laufen ...", kündigt Strong an.
Immerhin besser, als in den Sumpf zu wandern, denkst du.
„... und dort wirst du alle Toiletten putzen!"
Ach du Schande!
„Ich hasse Widerworte, mein Kleiner. Und die treibe ich dir aus! Auf geht's, um 20 Uhr werde ich alle Toiletten kontrollieren!"

Ende

Nein, du bist ein ganz braver und lieber Schüler. Du erledigst dein Programm. Schulleiterin Sander und ihr Wachhund, der Hausmeister Ed Anger, kontrollieren dich in regelmäßigen Abständen und sind sehr zufrieden mit dir.
Auch an den kommenden Wochenenden halsen sie dir eine Menge auf, aber du machst alles, ohne zu murren.
Dabei lernst du, in einem bestimmten Zeitfenster bestimmte Dinge einfach mal zu Ende zu bringen. Das tut dir gut, denn auch deine Schulnoten werden immer besser.
Nach einem Monat Schufterei darfst du zur Belohnung ein Wochenende in einem Freizeitpark verbringen. Was für ein Spaß!
Und deine Versetzung ist auch kein Thema mehr. Nicht nur deine Lehrer, auch deine Eltern sind sehr zufrieden mit dir. Und was noch wichtiger ist: Du bist es auch!

Ende

Schweigend räumst du deine Klamotten ein. Dennis quatscht und quatscht. Er scheint mehrere Sprachen zu beherrschen und gibt dir Kostproben. Offenbar hast du dich getäuscht: Dennis scheint nur so doof zu sein, in Wirklichkeit ist er es gar nicht.
„Sag mal, wieso bist du eigentlich hier?", unterbrichst du ihn. „Du bist doch total schlau."
Dennis zuckt mit den schmalen Schultern. „Ich werde bei den Klassenarbeiten nie fertig, weil ich zu viel aufschreibe. Deshalb bekomme ich oft miese Noten."
O Mann, ist das verrückt …
Dann erzählt Dennis dir, dass er auch ein guter Programmierer ist, und zeigt dir auch gleich seine neueste Erfindung: Es handelt sich um eine Monsterpuppe namens Maddy, die mit ihrem einen Auge und den vielen Narben wirklich gruselig aussieht und die Dennis mit seinem Handy über Bluetooth steuern kann. „Maddy kann rennen, kämpfen und …"
„Was noch?"
„Pupsen!", lacht Dennis und drückt auf seinem Handy herum. Tatsächlich gibt Maddy entsprechende Töne von sich!
Abends sitzt du mit Dennis und vielen anderen Schülern im Speisesaal der Schule. Man stellt euch eine Menge Fragen. Schließlich seid ihr ja die Neuen. Doch du bist ziemlich müde.

Wenn du am ersten Abend nicht unhöflich sein willst und bleibst, lies weiter auf Seite 18

Wenn du dich schlafen legst, lies weiter auf Seite 67

Schweigend trottet ihr eurem Lehrer hinterher. Ein neues Liedchen auf den Lippen marschiert er auf den Sumpf zu.
Es handelt sich um eine düstere Moorlandschaft mit verschlungenen Pfaden. Außer wild wucherndem Gestrüpp stehen hier vor allem verkrüppelte und abgestorbene Bäume. Rechts und links des Weges sind mit schwarzem Wasser gefüllte Pfützen. Der Boden unter deinen Füßen gibt immer wieder nach. Manchmal sinkst du knöcheltief ein. Mücken surren um deinen Kopf.
Was für eine schwachsinnige Idee, in diesen Sumpf zu latschen!, fluchst du in Gedanken.
Nachdem dich die Mücken fast aufgefressen haben und deine Schuhe völlig durchweicht sind, hast du die Nase voll.
Sollst du einfach abhauen? Oder ist das zu riskant, weil du dich in diesem moorigen Labyrinth verlaufen könntest?

**Wenn du zu fliehen versuchst,
lies weiter auf Seite 49**

**Wenn du bei der Gruppe bleibst,
lies weiter auf Seite 76**

Und so lernst du einige deiner neuen Mitschüler kennen, die ja alle ein wenig besonders sein sollen. Der vorlaute Larry ist dabei, aber auch die stille und ungewöhnlich blasse Marie sowie ein Schüler, der den Spitznamen „Flinker Jack“ hat. Warum er so genannt wird, erfährst du, als Jack dir und Dennis ein paar verblüffende Kartentricks zeigt. Er ist unglaublich geschickt und schnell mit seinen Fingern.

„Ach, ich suche übrigens noch einen Assistenten für meine neue Show“, sagt Jack schließlich.

„Deine neue Show?“, fragst du ungläubig nach.

„Na klar, in zwei Wochen gibt es hier ein großes Schulfest. Dort trete ich auf. Bist du dabei?“

Wenn du Jacks Assistent werden willst,
lies weiter auf Seite **23**

Wenn du es nicht riskierst,
Jacks Assistent zu werden,
lies weiter auf Seite **44**

Ihr schleicht zu dem Keller zurück. Hausmeister Anger hat die Mauer inzwischen aufgestemmt. Ihr seht, wie er gerade eine Kiste hervorzieht, die offenbar sehr schwer ist.
Bestimmt ist sie voller Gold!, denkst du.
Nachdem sich Larry hinter der Tür versteckt hat, rufst du: „Huhu, hier bin ich!"
Anger wirbelt herum. „Verdammt, du schon wieder! Na warte, diesmal schnapp ich dich!"
Schon stürmt er auf dich zu.
Du flitzt los und lockst den Hausmeister immer weiter vom Schatz fort.
Es gelingt dir, Anger abzuhängen.
Als du einige Zeit später zum Keller zurückkehrst, ist der Hausmeister nicht da. Das ist ja super! Aber leider sind auch Larry und der Schatz nicht da!
O nein, es sieht ganz so aus, als habe dein Freund dich betrogen und sich mit dem Schatz aus dem Staub gemacht …

Ende

Du willst ja nicht gleich am Anfang negativ auffallen. Also zieht Larry die Sache allein durch: Er will Sanders Stuhl im Klassenzimmer mit Sekundenkleber bestreichen. Doch dabei wird er von Hausmeister Ed Anger beobachtet. Anger packt Larry und schleift ihn zur Direktorin. Der reicht es jetzt: Sie schmeißt Larry von der Schule!

Und du?

Da man dich ständig kontrolliert, bist du ganz lieb und brav – und sogar ziemlich fleißig. Du hast ja auch gar keine andere Wahl. Man treibt dir die Faulheit aus und du packst deinen Abschluss – mit einem ziemlich guten Zeugnis sogar.

Glückwunsch!

Ende

Du machst die Nachttischlampe an. Prompt wacht Dennis auf.
„Was ist denn los?“, fragt er schlaftrunken.
„Psst, hörst du das nicht?“
Gebannt lauscht ihr beide – und nun vernimmt auch Dennis die unheimlichen Geräusche.
„Das kommt von da oben“, sagt er und deutet zur Zimmerdecke.
„Mann, da kriegt man ja kein Auge zu“, schimpfst du und schlüpfst in die Klamotten. „Ich sehe mal nach.“
„Ich komme mit“, kündigt Dennis an. Du versuchst ihn abzuwimmeln, aber es ist zwecklos.
Gemeinsam schleicht ihr die breite Treppe nach oben. Je höher ihr kommt, desto lauter werden die Geräusche. Schließlich steht ihr vor der Tür zum Dachboden. Du öffnest sie einen Spalt. Ein schwaches Licht glimmt in den Tiefen des Speichers.
Dennis späht dir über die Schulter. „Da … da hat sich etwas bewegt, glaube ich … das sind bestimmt irgendwelche Geister“, stammelt er.

Wenn du umkehrst,
lies weiter auf Seite 8

Wenn du den Dachboden betrittst,
lies weiter auf Seite 27

Singend gelangt ihr ins Tal.
„So, ihr Püppchen!“, brüllt Strong. „Jetzt wollt ihr bestimmt wissen, wohin unsere wunderschöne Tour führt.“
„Na klar!“, tönt es aus vielen Schülerkehlen.
„Wir lernen heute den Sumpf kennen! Freut ihr euch?“, ruft der Lehrer.
Du machst ein langes Gesicht. Wie bitte? Ihr sollt in den Sumpf latschen?

Wenn du zu widersprechen wagst
und etwas anderes vorschlägst,
lies weiter auf Seite 13

Wenn du den Schnabel hältst,
lies weiter auf Seite 16

Nach dem langweiligen Schulunterricht musst du auch noch die Hausaufgaben erledigen. Ja, auch du. Denn hier auf der Sally Sander's Special School, der Schule für ganz besondere Kinder und Jugendliche, wird genau aufgepasst und kontrolliert. Unter strenger Aufsicht musst du zum Beispiel Vokabeln pauken oder die Namen von gefühlt neunhundert afrikanischen Flüssen lernen.

Aber dann – endlich – ist Schluss: um sechs Uhr abends! Du saust zum Flinken Jack, der den Luxus genießt, ein eigenes Zimmer zu bewohnen.

„Da bist du ja!“, freut er sich. „Bleib mal an der Tür stehen. Darf ich dir die Augen verbinden?“

„Warum denn das?“

„Ich wollte auch ein wenig Messerwerfen üben“, sagt er. „Das gehört zu meiner Show auf dem Fest. Du als mein Assistent stellst dich vor die Holztür und ich werfe die Messer. Keine Sorge, die werden dich schon nicht treffen. Ich hab das drauf. Noch nie ist etwas dabei schiefgegangen!“

Wenn du mitmachst,
lies weiter auf Seite **31**

Wenn du nicht lebensmüde bist,
lies weiter auf Seite **52**

In der großen Eingangshalle mit der geschwungenen Treppe brennt ein einsames Licht. Rechts und links sind lange Flure mit blank gescheuerten Fußböden. Sie werden zu den Klassenräumen führen, vermutest du.
Aber wo hat die Direktorin Sally Sander ihr Büro? Bei ihr musst du dich doch sicher anmelden.
Da fliegt eine Tür auf und ein knapp zwei Meter großer Mann mit breiten Schultern und militärischem Kurzhaarschnitt baut sich vor euch auf. „Halt!“, brüllt er. „Wer seid ihr?“
Schüchtern stellt ihr euch vor.
„Okay, die Neuen!“, blafft der Riese. „Ich bin übrigens Ed Anger, der Hausmeister. Eigentlich bin ich ganz nett, solange man genau das tut, was ich sage. Ist das klar?“
Dann schiebt er euch in den ersten Stock zur Schulleiterin, die auch Bio unterrichtet und perfekt Karate beherrscht, wie ihr von Anger erfahrt. Ihr staunt: In Sally Sanders Büro stehen einige Hundert Gläser, in denen merkwürdige Dinge schwimmen: seltsame Wesen, Knochen und Schädel.
Dann müssen du und Dennis ein paar Sachen unterschreiben. „Du kannst mit Dennis ein Zimmer beziehen“, sagt Sander anschließend zu dir. „Oder du ziehst bei Larry ein. Aber ich muss dich warnen. Nur weil seine Eltern Multimillionäre sind, glaubt er, sich alles erlauben zu können …“

**Wenn du dich für Dennis entscheidest,
lies weiter auf Seite 15**

**Wenn du lieber zu Larry ziehst,
lies weiter auf Seite 86**

Irrtum, das ist kein Abzweig, das ist eine Sackgasse!
Lächelnd kommt Ed Anger auf euch zu, den schweren Hammer gehoben.
„Endstation, meine Lieben", sagt er und grinst schief. „Was soll ich jetzt mit euch machen?"
„Uns laufen lassen", schlägst du vor.
„Aber nicht doch. Ihr würdet zu Mrs Sander rennen und mich verpfeifen." Der Hausmeister überlegt einen Moment, dann sagt er: „Ich könnte euch hier unten irgendwo einsperren und vermodern lassen. Auf der anderen Seite kann ich Hilfe brauchen bei dem, was ich hier tue … Ist ein ziemlicher Knochenjob."
„Und was ist das für ein Job?", fragst du kühn.
„Ich habe hier unten in einer alten Bibliothek eine Chronik dieses alten Kastens gefunden. Darin steht, dass der Schuppen mal eine richtige Raubritterburg war. Einer der Burgherren hat vor fünfhundert Jahren einen Schatz hier versteckt. Netterweise steht in der Chronik auch, wo er ihn verborgen hat … Und jetzt buddele ich ihn aus. Ihr könnt mir dabei helfen und bekommt jeder – sagen wir mal – fünf Prozent des Wertes."

Wenn du versuchst, den Hausmeister mit Larrys Hilfe zu überwältigen, lies weiter auf Seite 92

Wenn du auf das Angebot des Hausmeisters eingehst, lies weiter auf Seite 110

Etwas widerstrebend folgst du Dennis, der sich an einer anderen Stelle am Regal vorbeiquetscht.
Geduckt schleicht ihr über den Dachboden in die Richtung, aus der die Stimmen zu hören sind. Plötzlich steht ihr vor einem großen Tuch.
Dir stockt das Blut in den Adern. Hinter dem Tuch sind schemenhaft Gestalten zu erkennen. Ihre Stimmen sind deutlich zu vernehmen. Wer ist das um Gottes willen?

Wenn du dich traust,
das Tuch beiseitezuziehen,
lies weiter auf Seite **85**

Wenn du erst einmal lauschen willst,
lies weiter auf Seite **98**

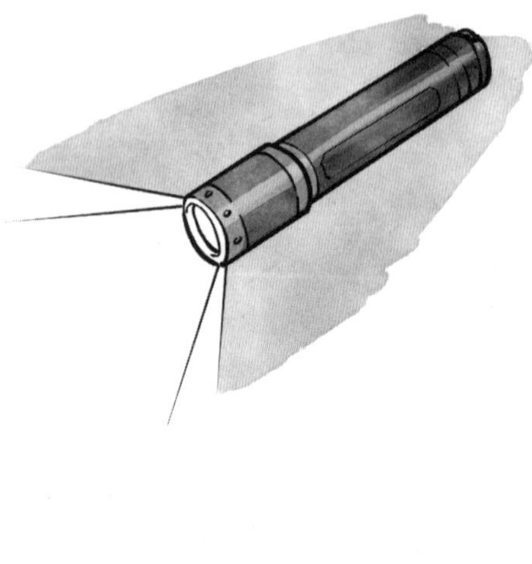

Langsam betreten Dennis und du den düsteren Dachboden. Die alten Holzbohlen knarzen unter euren Füßen.
Doch ihr kommt nicht weit, denn die Wesen, die hier oben hausen, wollen nicht gestört werden. Deswegen haben sie ein paar hübsche Fallen konstruiert.
Plötzlich öffnet sich der Boden unter euch und ihr stürzt in die Tiefe …

Ende

Als Marie wenig später auf ihr Zimmer geht, folgst du ihr mit etwas Abstand.
Doch Marie läuft nicht in den Trakt, in dem die Mädchen ihre Zimmer haben. Stattdessen verlässt sie das Schulgebäude und geht zum angrenzenden Wald, der im Nebel liegt.
Was will sie dort?, fragst du dich.
Neugierig, wie du nun einmal bist, bleibst du ihr auf den Fersen.
Kurz darauf erreicht Marie eine Lichtung, die im bleichen Mondlicht liegt.
Du zuckst zusammen. Aus dem Nebel ragen Grabsteine heraus. Ist das etwa ein Friedhof?
Nun geht Marie auf ein besonders hohes Grabmal zu.

**Wenn du Marie weiter verfolgst,
lies weiter auf Seite 48**

**Wenn du umdrehst,
lies weiter auf Seite 75**

Hier
ruht in
Frieden

30

Es ist Schuldirektorin Sander.
„Wie kommst du denn hierher? Was erlaubst du dir?", blafft sie dich an. „Du kannst hier doch nicht so einfach eindringen!"
„Ich suche Larry", sagst du.
Sander legt den Kopf in den Nacken und lacht. „Larry? Kein Problem, der ist bei mir – und er ist in besten Händen."
Sie schiebt dich zu einem angrenzenden Raum. Hinter deinem Rücken zieht sie eine Spritze mit einem Narkosemittel hervor und rammt sie dir in den Arm. Es dauert keine dreißig Sekunden, bis du eingeschlafen bist.
Du erwachst neben Larry in einer Zelle. Schon taucht Sander auf. „Tja, mein lieber Tim, du bist jetzt auch eine Versuchsperson", sagt sie. „Ich erprobe an Larry und dir verschiedene Substanzen, die aus euch besonders gute und eifrige Schüler machen sollen. Das ist zu eurem Wohl, aber auch zum Wohl der Schule! Ist das nicht wundervoll?"
Nein, das ist überhaupt nicht wundervoll, denkst du. Aber du hast keine Chance zu entkommen …

Ende

Du willst nicht feige sein. Also nimmst du deine Position an der Tür ein. Der Flinke Jack verbindet dir die Augen.
„So, jetzt geht's los!“, ruft er.
Zack, schon vibriert die Tür. Das erste Messer steckt! Mann, ist das irre! Peng, das zweite!
Da wird von außen an die Tür gebollert. „Was ist hier los, wieso ragt eine Messerspitze aus dem Holz?“, hörst du die Stimme von Hausmeister Ed Anger.
„Wir üben, bleiben Sie bloß draußen!“, ruft der Flinke Jack.
„Du machst mir keine Vorschriften, Bürschchen!“, bellt Anger und stößt die Tür auf. Du bekommst sie ins Kreuz und fällst nach vorn auf den Boden. Gleichzeitig fliegt ein Messer genau auf den Hausmeister zu. Er springt zur Seite. Das Messer nagelt sein Hemd am Türrahmen fest.
„Das büßt ihr mir, das Hemd ist ganz neu!“, schreit Anger.
Zur Strafe wird euer Auftritt abgesagt.
Tja, das war es dann auch schon mit deiner Karriere auf der Schulbühne …

Ende

Du wagst es und drückst die Klinke herunter. Super, die Tür ist nicht verschlossen!
Schon bist du in Sanders Büro mit den seltsamen Sachen in den Gläsern. Erwartungsgemäß ist die Direktorin nicht da. Du schaust dich um. Rechts ist noch eine Tür, und auch sie ist nicht verschlossen. Nun befindest du dich in einem kurzen Flur, an den sich seitlich eine Toilette anschließt. Am Ende des Korridors ist eine weitere Tür. Kein Zutritt!, steht dort.
Das reizt dich natürlich erst recht. Schon betrittst du den Raum – und staunst nicht schlecht: Hier ist ein gewaltiges Labor! In unzähligen Apparaturen dampft und brodelt es. Flüssigkeiten in allen möglichen Farben fließen durch gläserne Leitungen. Es zischt, qualmt und pufft.
Was geht hier vor?, fragst du dich.
Da hörst du Schritte nahen.

Wenn du sehen möchtest, wer da kommt, lies weiter auf Seite 30

Wenn du dich versteckst, lies weiter auf Seite 68

Der Klang der Stimme lässt nichts Gutes ahnen.
„Muss das sein?“, nölst du. „Ich habe eigentlich gar keine Zeit.“
„Doch, die hast du“, sagt dein Dad in einem Tonfall, der keinen weiteren Widerspruch duldet. „Du kommst jetzt runter. Sofort!“
Seufzend folgst du ihm ins Wohnzimmer. Dein Dad ist wirklich okay, aber leider hat er etwas gegen Computerspiele. Außerdem sind seine Ansichten manchmal etwas altmodisch.
Im Wohnzimmer sitzt deine liebe Mom, die eigentlich ein fröhlicher Mensch ist. Doch jetzt ist ihre Miene ernst wie bei einer Beerdigung.
Was ist denn los?, fragst du dich.
„Setz dich“, fordert dich dein Dad auf. „Wir müssen reden.“
„Über was denn?“, willst du wissen.
„Über deine Noten“, sagt deine Mutter.
Oje, ein Lieblingsthema der beiden in der letzten Zeit. Du verschränkst die Arme vor der Brust und wartest erst einmal ab.

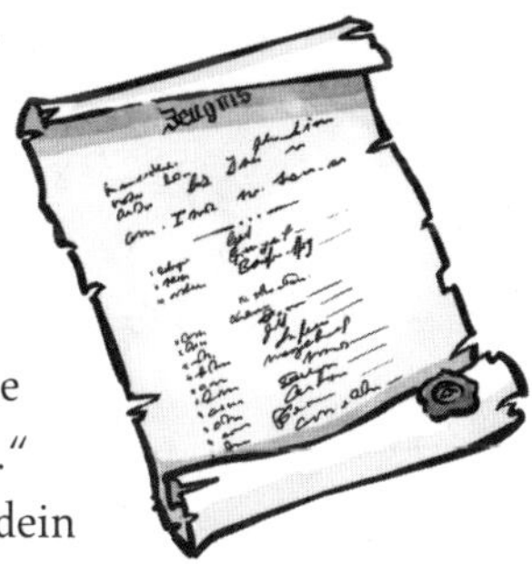

„Wir haben vorhin einen Anruf von deinem Klassenlehrer erhalten“, fährt deine Mom fort. „Deine Noten sind eine einzige Katastrophe.“
„Du wirst sitzen bleiben“, ergänzt dein Vater mit gefurchter Stirn.

Lies weiter auf Seite 9

Um fünf Uhr werdet ihr geweckt und sollt eure Rucksäcke packen. Um sechs Uhr ist Abmarsch.

Die Sonne geht gerade erst auf, als euch Siggi Strong den Berg hinuntertreibt: „Schneller, verdammt noch mal! Das ist hier kein Kindergeburtstag, sondern ein Marsch! Lauft in Reih und Glied!“

Ach du Schande, denkst du dir. Das kann ja lustig werden.

„Und jetzt singen wir alle ein schönes Lied!“, brüllt Strong euch an:

„Zwei, drei, vier:
Auf einem Baum ein Kuckuck
Simsalabim bambasala dusala dim
Auf einem Baum ein Kuckuck saß
Da kam ein junger Jäger
Simsalabim bambasala dusala dim
Da kam ein junger Jägersmann …“

Das wird ja immer schlimmer!

Wenn du brav in der Marschkolonne bleibst, lies weiter auf Seite 22

Wenn du versuchst, dich aus dem Staub zu machen, lies weiter auf Seite 41

„Mir reicht es, das wird nichts", sagst du. „Quatsch, ich führe uns hier raus", erwidert Larry.
Du schüttelst den Kopf. „Sei ehrlich, du hast doch auch keine Ahnung mehr, wo wir eigentlich sind. Lass uns umdrehen. Dann kriegen wir auch keinen Ärger mit der Schulleitung."
„Ich habe keinen Nerv auf diese bekloppte Strafe!", entgegnet Larry und läuft weiter.
„Viel Glück!", rufst du ihm noch nach. Dann bist du allein in dem düsteren Keller. Du hast noch nicht einmal eine Taschenlampe – aber dein Handy, denn das hat man dir noch nicht abgenommen. Du schaltest es ein und versuchst, im schwachen Licht des Displays den Rückweg zu finden.
Doch du verirrst dich in dem weit verzweigten Labyrinth. Als du Hilfe holen willst, musst du leider feststellen, dass du hier unten kein Handynetz hast.
Du läufst und läufst – doch es gibt kein Zurück mehr aus diesem Keller …

Ende

Kurz darauf kehrt Larry völlig außer Atem zurück und wispert:
„Ich habe Anger abgehängt und ein paar Haken geschlagen. Der sucht mich an einer völlig falschen Stelle."
„Dann lass uns keine Zeit verlieren", drängst du.
Ihr nehmt die schwere Kiste zu zweit und schleppt sie aus dem Kellerraum.
Keinen Moment zu früh, denn schon kehrt Anger zurück. Blitzschnell versteckt ihr euch in einem angrenzenden Raum. Anger tobt, als er merkt, dass er überlistet wurde. Wütend stapft er aus dem Keller.
„Ihm nach", wisperst du. „Anger wird uns den Weg aus diesem Labyrinth zeigen!"
Eine hervorragende Idee! Leise lauft ihr mit eurer Last hinter dem Kerl her – und dann kommt es noch besser: Der Hausmeister führt euch netterweise an einer der Außentreppen vorbei, die Larry vorhin nicht gefunden hat!
Über diese Treppe gelangt ihr ins Freie und könnt aus der Schule fliehen. Ihr teilt den Schatz brüderlich und fahrt jeder für sich mit einem Taxi nach Hause.
Deine Eltern sind zunächst sehr wütend auf dich. Aber als du ihnen deine Hälfte des Schatzes zeigst, verzeihen sie dir.
Du brauchst dir über deine Zukunft keine Sorgen mehr zu machen. Schule war gestern, das Leben wird einfach nur schön!

Ende

Natürlich versuchst du ihn anzurufen, aber er meldet sich nicht.
Du besorgst dir die Telefonnummer von Larrys Eltern und fragst nach. Die beiden sind völlig aufgelöst, weil sie auch nicht wissen, wo ihr Sohn steckt. Du sagst ihnen, dass Larry sich im Sommerhaus am See verstecken wollte.
„Nein, da ist er auch nicht, dort haben wir schon nachgesehen", antwortet seine Mutter.
Nachdenklich beendest du das Gespräch. Wo steckt Larry? Warum geht er nicht ans Handy?

Am Abend läufst du die Strecke ab, die Larry genommen hat, und gelangst zu dem Fenster in der Nähe von Sanders Büro, aus dem er fliehen wollte. Doch das Fenster lässt sich – vermutlich aus Sicherheitsgründen – gar nicht vollständig öffnen, sondern nur kippen. Larry kann sich hier nicht abgeseilt haben! Dir läuft ein Schauder den Rücken hinunter. Ist Larry etwa noch in der Schule? Hat man ihn geschnappt und irgendwo eingesperrt? Dein Blick fällt auf die Tür von Sanders Büro … Du klopfst an. Niemand reagiert.

Wenn du in den Raum schleichst,
lies weiter auf Seite 32

Wenn dir das zu riskant ist,
lies weiter auf Seite 53

Plötzlich ist Dennis neben dir. „Wo willst du hin?“, fragt er und beginnt, wieder in der Nase zu bohren.
„Auf den Dachboden, bleib du mal lieber im Zimmer.“
„Ne, ich kann nicht schlafen. Ich komme mit“, verkündet Dennis und schlappt dir hinterher. Widerstand ist zwecklos.
Erneut glimmt ein schwaches Licht auf dem Dachboden. Mit klopfendem Herzen knipst du deine Taschenlampe an. Überall steht Gerümpel herum: alte Möbel, aber auch unzählige Kisten und Kästen sowie Regale, die mit allem möglichen Kram vollgestopft sind. Du gehst ein paar Schritte weiter.
Unvermittelt hält Dennis dich fest. „Das Brett direkt vor dir hat eine andere Farbe“, wispert er.
„Na und?“
„Es könnte erneuert worden sein. Vielleicht ist das eine Falle …“
Mann, Dennis hat echt einen Vogel!, denkst du, schnappst dir ein altes Buch und lässt es auf das Brett fallen.
Zack, schon schnellt es hoch! Dennis hat recht gehabt, wird dir voller Grauen klar. Gott sei Dank hast du nicht auf das Brett getreten. Womöglich hättest du es an den Kopf bekommen! Dennis ist wirklich ein schlaues Kerlchen, das musst du zugeben.
„Hier gibt es bestimmt noch mehr Fallen“, flüstert er.

Wenn du umdrehst,
lies weiter auf Seite **56**

Wenn du weitergehst,
lies weiter auf Seite **94**

40 Du wagst es und stiefelst an dem glitschigen Ufer entlang. Puh, das ist wirklich keine leichte Aufgabe!
Mehrfach kannst nur im letzten Moment verhindern, dass du in den moorigen See fällst.
Als du schon fast am Ende angelangt bist und deine Schritte beschleunigst, passiert es: Dein linker Fuß verhakt sich an einer Baumwurzel und du stolperst. Kopfüber fällst du in das Moor – und du weißt: Das ist das

Ende

Du lässt dich nach hinten fallen. In einer Serpentine springst du ins Gebüsch, um dich zu verbergen und dann zurück in die Schule zu schleichen.

Dummerweise ist das kein Gebüsch, sondern ein kleines Brennnesselfeld!

Aua! Du schreist auf und bringst damit Siggi Strong auf deine Spur.

Zur Strafe musst du den ganzen Tag vor den anderen herlaufen und vorsingen. Strong versorgt dich mit einem Songbook der schönsten Wanderlieder. Es wird ein unvergesslicher Ausflug für dich – und dein peinlichster. Garantiert!

Ende

Die nächsten Wochen vergehen wie im Flug, denn an dieser seltsamen Schule mit ihren besonderen Schülern und ihren noch ungewöhnlicheren Lehrern wird es nie langweilig. Außerdem spukt es in dem alten Kasten! Immer wieder geschehen unerklärliche Dinge. Aber die älteren Schüler raten dir davon ab, Detektiv zu spielen und der Sache auf den Grund zu gehen.

Du hörst auf sie.

Deine schulischen Leistungen sind gar nicht so schlecht, weil man dir systematisch die Faulheit austreibt und dich ständig überwacht. Du hat keine Chance, du musst die Hausaufgaben erledigen!

Eines Tages bekommen die Schüler ein auf den ersten Blick verlockendes Angebot für das Wochenende: Ein Ausflug mit geheimem Ziel steht auf dem Programm! Die Teilnahme ist freiwillig.

Klingt gut. Endlich mal raus aus der alten Penne!

Knackpunkt: Sportlehrer Siggi Strong wird die Exkursion leiten. Strong war bis vor wenigen Jahren Söldner bei einer Privatarmee. Er verwechselt Sportunterricht mit beinhartem Drill, wie du schon erleben durftest.

Wenn du an der Tour teilnimmst,
lies weiter auf Seite **34**

Wenn du lieber am Wochenende relaxt,
lies weiter Seite **70**

Ja, endlich mal wieder kicken! Schon saust du los – doch leider kommst du nicht weit.
Hausmeister Ed Anger erwischt dich, als du gerade über die Mauer klettern willst.
„Was hast du vor, Bürschchen?“, fragt er lauernd, während er dich hochhebt wie eine Puppe.
„Äh, ich wollte das Moos von der Mauer kratzen“, erzählst du ihm.
„Haha, netter Versuch, Kleiner. Aber nicht mit mir. Mrs Sander wird es bestimmt gut finden, wenn ich jetzt deine To-do-Liste ein wenig erweitere: Zur Strafe für deinen Fluchtversuch wirst du auch am Sonntag schuften – von 7 bis 21 Uhr. Ist das klar?“

Ende

Du versuchst, dich ein wenig mit Marie zu unterhalten. Langsam taut sie auf.
„Wie ist es denn hier an der Schule so?", fragst du vorsichtig. „Sind die Lehrer sehr streng?"
„Manche mehr, manche weniger", antwortet sie leise und lächelt auf eine seltsame Art. „Ich habe schon so viele kommen und gehen sehen in den letzten vierhundert Jahren …"
„Wie bitte?"
„Du hast richtig gehört. Ich gehe seit vierhundert Jahren auf diese Schule, habe aber nie die Versetzung in die siebte Klasse geschafft. Immer diese blöden Vokabeln", seufzt Marie.
Dir stehen die Haare zu Berge. Ist das junge Mädchen neben dir etwa eine Untote?

Wenn du der Sache auf den Grund gehen willst, lies weiter auf Seite 28

Wenn du dich lieber ganz schnell von Marie wegsetzt, lies weiter auf Seite 70

Du ziehst dich mit Dennis auf euer Zimmer zurück, um dich dort mit ihm zu beraten.
Wie kann man Geister vertreiben? Wie kann man ihnen einen Streich spielen?
„Wovor haben Lehrer Angst?“, überlegst du laut.
„Vor Eltern wie meinen“, antwortet Dennis prompt. „Die quatschen den Lehrern immer rein und sagen, sie wollen nur das Beste für mich.“
„Weiß nicht“, erwiderst du. „Es muss etwas wirklich Schreckliches sein.“
Du überlegst, dann rufst du: „Ich hab's: Wir verkleiden uns als Geister und jagen ihnen einen solchen Schrecken ein, dass sie sich verziehen. Wir schlagen sie sozusagen mit ihren eigenen Waffen!“
Dennis hat dafür nur ein Gähnen übrig. „Das ist doch voll langweilig, das funktioniert nie. Wir sollten etwas anderes probieren ...“ Er zückt sein Handy. „Bluetooth! Hightech gegen alte Geister. Das fetzt!“

Wenn du es mit der Verkleidung probierst, lies weiter auf Seite 51

Wenn du die Idee von Dennis besser findest, lies weiter auf Seite 62

„Du brauchst keine Angst zu haben", versucht der Flinke Jack dich zu beruhigen. Er erklärt dir, wie der Trick funktioniert. Jetzt bist du erleichtert und bereit für die große Show.

Endlich ist es so weit. Die Aula ist bis auf den letzten Platz gefüllt. Der Flinke Jack und du steht in glitzernden Anzügen auf der Bühne.
Dann steigst du in eine sargähnliche Kiste, die auf einem recht breiten Tisch steht. Der Deckel wird über dir geschlossen. Jack zieht währenddessen theatralisch eine blaue Latzhose über sein schickes Kostüm.
Was die Zuschauer nicht ahnen: Die Kiste hat an der vom Publikum abgewandten Längsseite eine Klappe, aus der du dich seitlich auf den Tisch schieben kannst. Du bleibst flach hinter der Kiste liegen und bist fürs Publikum unsichtbar.
Mit einer großen Geste lässt der Flinke Jack den Motor aufheulen. Dann rammt die Säge durch den dünnen Deckel und sägt die Kiste von vorn nach hinten durch. Einige im Publikum schreien unterdrückt auf.
Als der Flinke Jack fertig ist, macht er ein paar Mätzchen, um die Zuschauer abzulenken. Die Zeit nutzt du, um dich wieder in die durchgesägte Kiste zu schieben.
Dann steigst du unter dem Jubel des Publikums unversehrt heraus. Was für eine Show, man feiert Jack und dich!

Ende

48 Marie geht auf den großen Stein zu. Aber was ist das? Du glaubst deinen Augen nicht zu trauen. Sie verschwindet in dem Stein, als sei er aus Luft!

Mit jagendem Puls trittst du näher und berührst den Grabstein.

Da schießt eine knöchrige Hand hervor, packt dich am Arm und zieht dich noch dichter an den Stein heran.

Wenn du dich wehrst,
lies weiter auf Seite **60**

Wenn du dich nicht wehrst,
lies weiter auf Seite **81**

In einer Kurve springst du vom Weg und versteckst dich hinter einem Baum.
Sportlehrer Strong entgeht das. Zwei Mitschüler sehen dich zwar, aber sie verpfeifen dich nicht. Nette Typen!
Während die Gruppe tiefer in den Sumpf hineinläuft, machst du dich auf den Rückweg zur Schule.
Haha, das war doch ganz einfach!, freust du dich.
Doch so einfach wird es nicht. Ganz im Gegenteil. Denn nun bist du auf dich allein gestellt und musst den richtigen Weg finden. Aber der Pfad gabelt sich immer wieder. Das ist dir vorhin gar nicht aufgefallen. Klar, euer Lehrer hat euch ja auch geführt, er wusste ja, wo es langgeht. Du aber nicht.
Hm, was nun?, denkst du, als der schmale Weg plötzlich vor einem moorigen See endet.

**Wenn du am Ufer des Sees entlanggehst,
lies weiter auf Seite 40**

**Wenn du den Weg zurückgehst,
lies weiter auf Seite 87**

Ihr jagt los. Ed Anger ist dicht hinter euch. Den Hammer hat er in der Hand. Doch da stolpert er über irgendetwas und stürzt. Das verschafft euch ein wenig Vorsprung.
Kopflos rennt ihr weiter. Du hast wieder die Führung übernommen. Wohin, wohin, wohin?
Ihr folgt dem Verlauf eines langen Ganges. Rechts und links sind Kellerabteile, am Ende des Korridors scheint ein weiterer Abzweig zu sein.

Wenn du bis zum Abzweig sprintest,
lies weiter auf Seite **25**

Wenn du dich in einem der Abteile
verstecken willst,
lies weiter auf Seite **84**

Du bastelst dir einen Gespensterumhang aus deinem Laken. Dennis tippt sich nur an die Stirn und lässt dich allein mit deinem tollen Plan.
Endlich bist du bereit, die alten Geister da oben mal so richtig zu erschrecken.
Du gibst dir wirklich mächtig Mühe, den längst verblichenen Lehrern Angst einzujagen, rennst in einem wehenden Umhang auf sie zu und gibst schreckliche Laute von dir. Doch die Geister lachen sich nur über dich und dein Outfit kaputt.
Irgendwann haben sie genug von deinem Mummenschanz und verwandeln dich in ein Stück Kreide!

Ende

„Ne, lieber nicht", sagst du schnell. „Kann ich nicht bei einer anderen Nummer assistieren?"
„Na klar, ich zeige ja nicht nur einen Trick. Wie wär's mit der zersägten Jungfrau?", erwidert der Flinke Jack und deutet auf eine Motorsäge unter seinem Bett.
„Ich nehme mal an, dass ich die Jungfrau sein soll", sagst du.
Der Flinke Jack grinst. „Exakt! Hast du Lust?"

**Wenn du mitmachst,
lies weiter auf Seite** **46**

**Wenn du deine Karriere als Assistent
von Jack beendest,
bevor sie richtig begonnen hat,
lies weiter auf Seite** **97**

Lieber nicht! Wenn man dich erwischt, wirst du ganz sicher eine Menge Ärger bekommen.
Also gehst du in dein Zimmer zurück. Was nun?
Da bimmelt dein Handy. Ob das Larry ist?
Nein, die Nummer kennst du nicht. Bestimmt ist das nur irgendein Typ, der dir etwas verkaufen will.

Wenn du das Gespräch trotzdem annimmst, lies weiter auf Seite **71**

Wenn du es klingeln lässt, lies weiter auf Seite **102**

„Jetzt ist Schluss!“, rufst du und springst aus deinem Versteck hervor.
Die Schulleiterin ist natürlich völlig überrascht. „Oh, Tim, du bist es. Aber sag mal: Was hast du hier verloren?“
„Ich werde nicht zulassen, dass Sie Larry als Versuchskaninchen missbrauchen!“, kündigst du an und ziehst dein Handy hervor, um die Polizei anzurufen.
Als du auf das Display schaust und Sander dadurch einen Moment aus den Augen lässt, schickt sie dich mit einem Handkantenschlag ins Reich der Träume.
Sehr viel später erwachst du in einem der Kellerverliese des alten Internats.
„Hier wirst du bleiben, bis die Experimente beendet sind“, sagt die Schulleiterin, als sie dir etwas zu essen und zu trinken bringt.
Tja, das dauert und dauert und dauert … und du versauerst in dem Verlies!

Ende

Okay, dann wollen wir, denkst du dir.
Doch da knirschen Schritte hinter dir im Kies und du drehst dich um.
Ein schmächtiger Junge in deinem Alter steht direkt hinter dir. Er trägt eine riesige Brille und bohrt in der Nase.
„Hallo, ich bin Dennis", sagt der Junge und bohrt noch ein wenig tiefer. Dann will er dir die Hand geben.
Du vergräbst die Hände lieber in den Hosentaschen. „Tim", erwiderst du.
„Musst wohl auch auf diese Schule", sagt Dennis.
„Nein, ich warte hier auf den Weihnachtsmann", erwiderst du. Was ist denn das für ein Vogel?
„Haha", lacht Dennis. Dann beginnt er, dich vollzutexten. Woher er kommt, was seine Eltern machen, wie seine Geschwister heißen. Du erfährst, dass er einen Wellensittich hat und gern ganze Nächte hindurch Horrorfilme anschaut. Dennis redet ohne Punkt und Komma. Er scheint eine absolute Nervensäge zu sein.
Schließlich lässt du ihn einfach stehen und gehst in die Schule. Dennis schlurft hinter dir her.

Lies weiter auf Seite 24

„Nichts wie weg hier", sagst du und drehst dich um. Doch da steht nicht Dennis, da steht …

Wer oder was ist das?

Eine Gestalt in einem weiten altmodischen Mantel mit einer Kapuze, die ihr tief in die Stirn hängt, ragt vor euch auf. Zwei Augen, die dich an rot glühende Kohlen erinnern, starren euch an.

„Schön, dass ihr da seid", sagt eine heisere Stimme. „Mein Name ist Oktagon. Ich habe hier vor zweihundert Jahren Physik unterrichtet. Nach meinem Tod zog ich mit einigen ebenfalls toten Kollegen hier auf den Dachboden – wir experimentieren mit Dingen, die anderen Angst machen. Und wir brauchen immer wissbegierigen Nachwuchs. Junge Menschen, die uns nacheifern! Also noch einmal: Schön, dass ihr da seid."

Du willst an dem Wesen vorbei, doch es hält dich fest. Andere Gestalten umringen euch. Ihr habt keine Chance: Ihr werdet die Azubis der Lehrer des Schreckens!

Ende

Strong schläft tief und fest.
Sehr schön …
Du hast dir die wenigen Krümel, die von den Keksen noch übrig geblieben sind, geben lassen. Mit den Krümeln legst du jetzt eine Spur von einem nahen Ameisenbau zum Sportlehrer. Die letzten Krümel lässt du auf seine Brust rieseln.
Dann setzt du dich auf dein hartes Lager im Moos und wartest, ein Grinsen im Gesicht.
Es dauert nicht lange, bis ein Schrei die nächtliche Stille zerreißt.
„Argh, überall Ameisen, ich werde verrückt!“, brüllt Strong, während er sich die Klamotten vom Leib reißt.
Er führt einen seltsamen Tanz auf und springt schließlich in einen Teich, um sich von den kleinen Biestern zu befreien.
Danach reicht es auch ihm. Noch in der Nacht befiehlt er den Rückmarsch zum Internat.
Dort wirst du von deinen Mitschülern als Held gefeiert!

Ende

Du findest keine Ruhe. Kein Wunder, hier ist es alles andere als gemütlich …
Du starrst in die Dunkelheit und hoffst, dass die Nacht bald vorüber ist.
Plötzlich nimmst du im Mondlicht eine Bewegung wahr. Eine schemenhafte Gestalt taucht zwischen zwei Baumstämmen auf und starrt zu euch hinüber …
Dir läuft eine Gänsehaut über den Rücken. Wer ist das? Einer deiner Mitschüler?
Nein, die schlafen alle, stellst du mit einem Kontrollblick fest. Wer ist es dann?
Jetzt dreht sich die Gestalt um und verschwindet.

**Wenn du ihr folgst,
lies weiter auf Seite** 77

**Wenn du lieber versuchst zu schlafen,
lies weiter auf Seite** 108

60 Du wehrst dich mit aller Kraft, doch du hast keine Chance. Der geheimnisvolle Sog ist viel zu stark.

Unaufhaltsam wirst du in das Grab hineingezogen – und nun wird diese letzte Ruhestätte auch deine letzte Ruhestätte.

Ende

„Okay, so machen wir das!", sagst du.
„Du mieser Verräter!", ruft Larry wütend, aber du achtest nicht weiter auf ihn.
Sander winkt dich heran und gießt etwas von dem Wundertrank in ein Glas. „Dann hol dir mal deine Ration für heute, Tim."
Während du das Glas in einem Zug leerst, verpasst dir Sander einen fiesen Handkantenschlag. Karate beherrscht sie ja perfekt!
Du wirst bewusstlos. Als du erwachst, bist du mit Larry im Käfig.
„Das geschieht dir ganz recht!", zischt er.
Da taucht Sander auf. „Prima, jetzt habe ich zwei Versuchspersonen", höhnt sie.
Oje, denkst du. Warum war ich nur so gierig?

Ende

„Was genau hast du vor?“, fragst du.
Dennis lächelt und holt die Monsterpuppe Maddy hervor. „Damit werden wir den Geistern einen solchen Schrecken einjagen, dass sie hier nie wieder ihr Unwesen treiben!“
„Nicht schlecht“, gibst du zu. „Du kannst das hässliche pupsende Ding ja mit deinem Smartphone steuern …“
„Genau, wir verstecken uns mit Maddy auf dem Dachboden“, ruft Dennis. „Am besten verstecken wir uns ganz vorne bei der Tür, und sobald die Geister auftauchen, hetze ich Maddy auf sie! Das wird ein Spaß!“

Wenn du das für einen guten Plan hältst, lies weiter auf Seite 89

Wenn du lieber ein anderes Versteck für Maddy suchst, lies weiter auf Seite 104

„O nein, um Gottes willen!", rufst du. „Lass mich in Ruhe! Hau ab!"

Das scheint Marie als ziemlich unhöflich zu empfinden. Denn als du an ihr vorbeidrängst, um zum Schulgebäude zurückzulaufen, hält sie dich fest. Ihr Griff ist stahlhart.

„Es gibt kein Zurück mehr", zischt sie böse. „Du kennst mein Geheimnis und ich kann nicht zulassen, dass du es verrätst."

„Dir wird aber nichts anderes übrig bleiben", rufst du und reißt dich los.

Du hetzt zurück, doch du kommst nie in der Schule an. Denn Marie verbaut dir immer wieder den Weg und leitet dich in die Irre. Du verläufst dich in dem riesigen Waldgebiet. Es gibt kein Entrinnen.

Ende

Du willst Mrs Sander nicht bei der Arbeit stören und schon gar nicht von ihr erwischt werden. Schließlich bist du heimlich in ihre Büroräume eingedrungen.
Auf leisen Sohlen schleichst du aus ihrem Reich und hast Glück: Niemand bemerkt dich!
Schließlich bist du wieder in deinem Zimmer.
In den nächsten Tagen versuchst du immer wieder, Larry aufzustöbern – jedoch ohne Erfolg. Es ist zum Verzweifeln. Larry ist und bleibt wie vom Erdboden verschluckt. Schließlich gibst du es auf.

Lies weiter auf Seite 42

Larry hat auch schon einen Plan. „Wir versuchen es durch den Keller. Dort wird man uns nicht entdecken. Ich weiß, dass es an einigen Stellen Außentreppen gibt. Über eine von denen werden wir aus dieser verdammten Schule entkommen", erklärt er.
Okay, klingt gut, denkst du.
Nach dem Abendessen geht ihr nicht auf euer Zimmer, sondern schleicht eine Treppe hinunter in den Keller. Niemand bemerkt euch.
Larry hat eine Taschenlampe dabei, die er jetzt anknipst. Das Licht streicht über uraltes Gemäuer. Ihr befindet euch in einem langen, niedrigen Gang, in dem es modrig riecht.
„Echt hübsch hier", scherzt du, um cool zu wirken.
Larry antwortet nicht, sondern stapft voran.
Kurz darauf gelangt ihr zu einer Kreuzung. Larry wirkt unschlüssig und wählt dann den rechten Gang. So geht es weiter. Immer wieder stoßt ihr auf neue Gänge und Abzweigungen. Der Keller entpuppt sich als Labyrinth, und nirgends ist der Zugang zu einer Außentreppe.
Allmählich beschleicht dich ein komisches Gefühl.

**Wenn du umdrehen möchtest,
lies weiter auf Seite 35**

**Wenn du Larry dennoch folgst,
lies weiter auf Seite 116**

Du zwinkerst Larry zu. Dann gehst du zum Angriff über und schlägst Anger den Hammer aus der Hand.

Der Hausmeister ist im ersten Moment völlig überrascht von der Attacke, doch dann fliegt seine Faust auf dich zu. Im letzten Moment duckst du dich und Anger trifft die Wand.

„Aua!", brüllt er.

In dieser Sekunde bekommt er von Larry einen heftigen Tritt in den Hintern. Anger fliegt förmlich durch den Raum und landet mit dem Kopf voran an einer Mauer. Bewusstlos sackt er zusammen.

Ihr klatscht euch ab.

„Gut gemacht, Larry!"

„Gut gemacht, Tim!"

Dann werft ihre eure Fluchtpläne über den Haufen. Es muss schließlich geklärt werden, was Anger hier unten tut und warum er auf euch losgegangen ist.

Mit einiger Mühe findet ihr den Rückweg und alarmiert die Schuldirektorin. Anger wird verhaftet und ihr erfahrt, dass er im Keller nach einem Schatz gesucht hat. Euch wollte er beseitigen, weil er keine Zeugen brauchen konnte.

Für euren heldenhaften Einsatz werdet ihr belohnt: Ihr bekommt zwei Wochen Sonderurlaub in einem Freizeitpark!

Ende

Natürlich dackelt Dennis dir hinterher.
Nach dem Zähneputzen fällst du in dein Bett. Du willst nur noch pennen, denn morgen beginnt der erste Schultag in dieser Burg bereits um 7.45 Uhr. O Graus!
Dennis legt sich auch hin, plappert aber weiter.
„Du, Dennis?", fragst du irgendwann.
„Ja, was denn?"
„Tust du mir einen Gefallen?"
„Klar, welchen?", will Dennis wissen.
„Halt den Mund!"
„Okay."
Tatsächlich schweigt Dennis endlich!
Du schlummerst ein. Doch um Mitternacht wecken dich dumpfe Geräusche.

**Wenn du der Sache auf den Grund gehst,
lies weiter auf Seite 21**

**Wenn du lieber liegen bleibst,
lies weiter auf Seite 42**

Du gehst hinter einem breiten Tisch in Deckung und beobachtest, was geschieht.
Schuldirektorin Sander taucht auf! Sie füllt einen Glasbecher mit einer geheimnisvollen grünen Flüssigkeit aus einer der Apparaturen und geht dann in einen angrenzenden Raum.

Wenn du dich aus dem Staub machst,
lies weiter auf Seite 64

Wenn du der Direktorin folgst,
lies weiter auf Seite 83

Auf die anstrengende Schulwoche folgt endlich das Wochenende. Herrlich, jetzt kannst du wieder faulenzen!
Doch Schulleiterin Sander hat andere Pläne mit dir. Am Samstagmorgen platzt sie schon um 6.30 Uhr zu dir ins Zimmer.
„Guten Morgen!“, flötet sie, während sie die Gardine zur Seite reißt. „Deine Eltern haben mir gesagt, dass du zur Faulheit neigst. Das werden wir dir austreiben, mein Lieber. Hier hast du eine To-do-Liste, die du bis heute Abend abarbeitest. Wir kontrollieren dich regelmäßig. Viel Spaß!“
Peng! Das war die Tür.
O nein, das ist ja furchtbar!, denkst du. Dann schaust du dir die Liste des Grauens an. Um sieben Uhr sollst du beginnen, das Biotop auf Vordermann zu bringen. Du hast zwei Stunden Zeit, um es vom Unkraut zu befreien.
Würg! Gartenarbeit ist etwas für Maulwürfe!
Doch du fügst dich. Wenig später krabbelst du durch die Beete und zupfst alles, was irgendwie grün ist, heraus. Als du deinen Eimer auf dem Komposthaufen ausleerst, fällt dein Blick über die Mauer hinunter ins Tal. Ganz in der Nähe spielen ein paar Jungs Fußball. Das wär's jetzt!

**Wenn du weiter deine Arbeit verrichtest,
lies weiter auf Seite** **14**

**Wenn du mal kurz verschwindest,
um mitzuspielen,
lies weiter auf Seite** **43**

„Ich bin's, Larry!", hörst du.
Du bist total erleichtert. „Was ist los, wo steckst du?", fragst du.
„In Sanders Büro, beziehungsweise in ihrem Labor. Sie hat mich gefangen genommen", wispert Larry. „Und jetzt flößt sie mir irgendwelche Tränke ein, damit aus mir ein guter Schüler wird!"
„Wie ätzend!", sagst du erschrocken.
„Allerdings. Sie hat mich jetzt für einen Moment allein gelassen und ihr Handy vergessen. Mit dem Ding rufe ich dich gerade an. Hol mich hier raus!", fleht Larry dich an.
„Bin schon unterwegs", sagst du und flitzt los.

Lies weiter auf Seite 32

Du kommst aus deinem Versteck hervor und deutest auf dein Handy.
„Sie haben zwei Möglichkeiten, Mrs Sander: Entweder rufe ich jetzt die Polizei und Sie wandern ins Gefängnis – oder Sie lassen Larry sofort frei und geben mir auch etwas von dem Trank!"
Die Schulleiterin zögert keine Sekunde. „Gerne kannst du etwas von dem Trank haben." Etwas gehässig fügt sie hinzu: „Gerade du kannst ihn gut gebrauchen, Tim! Aber Larry bleibt noch ein paar Jahre bei mir. Ich brauche ihn für viele weitere Tests. Die sind aber ganz harmlos. Was hältst du davon, Tim?"
Du gerätst ins Schwanken, denn du gierst nach dem Trank. Die Polizei wird das Zeug beschlagnahmen und dann ist es unerreichbar für dich. Aber wenn du das Zeug intus hättest, wärst du bestimmt megaschlau und würdest eine große Karriere machen. Und die Tests sind doch völlig harmlos. Larry wird das schon packen, oder? Außerdem wird er dir keine Konkurrenz auf der Karriereleiter machen, wenn er weiterhin hier im Labor gefangen bleibt!

Wenn du dich auf Sanders Vorschlag einlässt, lies weiter auf Seite 61

Wenn du hart bleibst, lies weiter auf Seite 112

Da wird schon nichts passieren, sagst du dir und gehst ganz vorsichtig los. Behutsam setzt du Fuß vor Fuß.
Dennis ist dicht hinter dir. Als du stehen bleibst, um zu überlegen, wie du an den nächsten Fallen vorbeikommst, stößt dein schusseliger Mitschüler versehentlich gegen dich. Du verlierst das Gleichgewicht und latschst voll in eine der Rattenfallen. Das Ding schnappt nach dir und erwischt dich am Hosenbein. Du schreist auf und taumelst nach hinten gegen Dennis, der sich auf den Hosenboden setzt.
Hosenboden? Nein, da war noch etwas darunter! Richtig: eine weitere Rattenfalle.
Aua! Mit dem fiesen Ding am Po schießt Dennis hoch und springt dir in die Arme.
Tolle Idee! Ihr geht beide zu Boden und löst noch mehr Fallen aus.
Mit einigen fiesen Quetschungen schleppt ihr euch zurück ins Zimmer. Den Dachboden betretet ihr nie wieder.

Ende

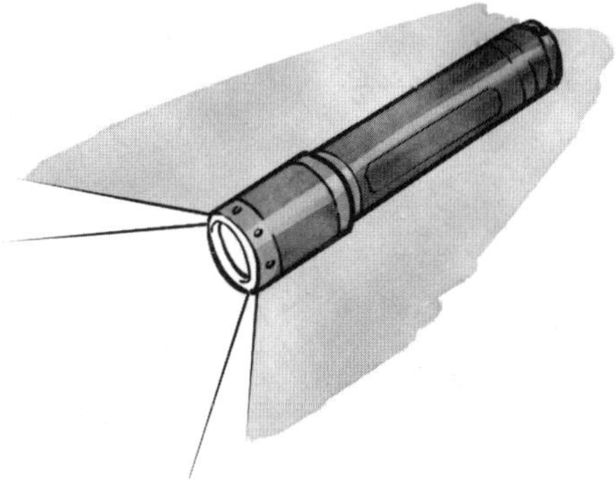

Larrys Plan: Er will sich mit seinem Laken aus dem Fenster abseilen, das direkt neben dem Büro von Sander liegt. „Das ist die einzige Chance, hinauszukommen“, sagt er. „Alle anderen Ecken der Schule werden mit Kameras überwacht.“
Sein Ziel ist das Sommerhaus seiner Eltern, das an einem schönen See liegt und das die Eltern nur selten benutzen, weil sie zu beschäftigt sind. Sobald Larry die Flucht geglückt ist, will er sich bei dir melden.
Irgendwann in der Nacht – du schläfst tief und fest – schleicht Larry sich davon.
Als Larrys Verschwinden bekannt wird, herrscht große Aufregung. Es wundert dich allerdings, dass Direktorin Sander dich gar nicht fragt, ob du etwas bemerkt hast.
Schließlich heißt es, dass Larry das Internat verlassen musste, weil seine Eltern das Schulgeld nicht mehr bezahlen konnten. So ein Quatsch, die sind doch Millionäre!, denkst du. Soll vertuscht werden, dass ein Schüler geflohen ist? Aber was soll's – Larry ist bestimmt schon in Freiheit!
Doch der Tag vergeht, ohne dass Larry sich bei dir meldet. Auch der nächste und der übernächste Tag. Allmählich machst du dir Sorgen. Ist Larry etwas zugestoßen? Oder hat er einfach nur vergessen, dich zu informieren?

Wenn du Nachforschungen anstellst,
lies weiter auf Seite **37**

Wenn du erst einmal abwartest,
lies weiter auf Seite **88**

Du drehst dich um – und erstarrst.
Marie steht vor dir. Ihre Augen sind dunkel und traurig.
„Aber … das kann doch nicht sein. Du warst doch gerade noch an dem Grab“, stammelst du.
Sie legt einen Finger auf ihre blutleeren Lippen. Dann wispert sie: „Nicht alles, was du siehst, ist real. Kommst du mit?“
„Wohin?“
„In meine Welt …“

Wenn du Marie nicht folgst,
lies weiter auf Seite 63

Wenn du es riskierst,
Marie zu folgen,
lies weiter auf Seite 106

Schon bald plagen euch Hunger und Durst. Da ihr nicht wusstet, was euch erwartet, habt ihr keinen Proviant dabei.
„Mr Strong, können wir bitte mal eine Pause machen, um etwas zu trinken?“, fragst du.
„Ach was“, erwidert der Lehrer. „Das macht euch nur weich. Ein wenig Verzicht stählt den Körper, meine Lieben!“
So ein Quatsch!, denkst du und rufst: „Wir haben aber Durst!“
„Na schön“, sagt Strong und nimmt einen langen Schluck aus seiner Feldflasche. „Ich bin ja kein Unmensch. Wie ich sehe, habt ihr nichts dabei. Also kannst du, Tim, dir und deinen Freunden etwas holen.“
Er wirft dir die Flasche zu und deutet auf einen moorigen See. „Los, füll die Flasche auf.“

**Wenn du gehorchst,
lies weiter auf Seite 90**

**Wenn du dich nicht ans Seeufer wagst,
lies weiter auf Seite 113**

Die Gestalt verschwindet im Wald. Behutsam folgst du ihr. Wenig später erreicht das Wesen eine Lichtung, die im Mondlicht liegt. Erneut dreht sich die Gestalt um – und jetzt kannst du ihr Gesicht sehen!
Irre, das ist ja Marie aus deinem Internat! Was macht sie nachts hier draußen?
Marie läuft weiter und erreicht einen großen Stein, der dich an ein Grabmal erinnert.

Lies weiter auf Seite **48**

Bange Sekunden vergehen. Anger steht jetzt mitten im Raum und blickt um sich – aber hinter die Tür schaut er zum Glück nicht! Dann verschwindet der Hausmeister, und ihr atmet auf.

Larry macht die Taschenlampe wieder an – und du staunst. Der Raum ist voller Bücher. Ihr befindet euch offenbar in einer alten Bibliothek.

„Komm weiter", flüstert Larry.

Wenn du ihm folgst,
lies weiter auf Seite **82**

Wenn du dir erst einmal die Bücher anschaust,
lies weiter auf Seite **93**

„Du bist viel sportlicher als ich und daher schneller", schmeichelst du Larry. „Du kannst besser vor Anger weglaufen."
Schließlich gibt er nach.
Dein Plan gelingt. Du versteckst dich und Larry lockt den Hausmeister aus dem Keller. Während Anger Larry verfolgt, schlüpfst du in den Kellerraum und schaust hinter der aufgestemmten Wand nach.
Wow, da ist eine alte Holzkiste, randvoll mit Goldmünzen! Du bist reich! Aber wird Larry es auch sein?

Wenn du wie versprochen mit ihm teilst,
lies weiter auf Seite **36**

Wenn du dich mit dem Gold
aus dem Staub machst,
lies weiter auf Seite **115**

Du lässt es geschehen. Langsam wirst du eins mit dem Stein, du verschmilzt mit der harten Oberfläche. Wie von Geisterhand wird dein Name in den Stein gemeißelt.
Dann verschwindest du in dem Grab. Doch dich empfängt nicht ewige Ruhe, sondern … Marie.
„Schön, dass du da bist", sagt sie sanft. „Ich war immer so allein. Setz dich."
Du blickst dich staunend um. Du befindest dich in einem gemütlichen Raum mit weichen Sitzmöbeln und … einem Computer mit einem riesigen Bildschirm und einer nagelneuen Konsole!
„Ich liebe Computerspiele", verrät Marie dir augenzwinkernd.
„Ich auch!", rufst du.
„Sollen wir eine Runde daddeln?", fragt sie dich.
„Aber hallo!"
Ihr werdet ein brillantes Team an der Konsole.
Ach ja, auf die Sally Sander's Special School geht ihr natürlich auch weiterhin. Und jetzt, da du dieses wunderbare Geheimnis hast, verliert diese Schule für dich ihren Schrecken.
Du wirst sogar ein guter Schüler.
Läuft, oder?

Ende

Zwar entkommt ihr dem Hausmeister, aber nicht dem Labyrinth, das sich hier unter dem Internat auftut.
Ihr habt keine Chance, zu entrinnen – ihr verlauft euch.
Irgendwann gebt ihr auf und schlaft erschöpft ein.
Als ihr erwacht, seid ihr zu Geistern geworden. Ihr spukt in dem alten Kasten und bringt anderen Schülern – aber auch den Lehrern und vor allem Hausmeister Anger – das Fürchten bei!

Ende

Jetzt bist du in dem Nebenraum. Es haut dich von den Socken: Dort wird Larry in einer Art Käfig gefangen gehalten!
Du verbirgst dich hinter einem Pflanzenkübel und beobachtest die Szene.
„Nicht schon wieder!", fleht Larry.
„Doch, doch, das ist nur gut für dich", flötet die Direktorin. „Es ist eine ganz neue Mixtur, die dich sehr klug machen wird."
„Das haben Sie bei dem anderen Zeug auch gesagt, das Sie mir eingeflößt haben, und es ist alles Mögliche passiert, nur nicht das, was Sie erhofft haben", protestiert Larry.
Sander zuckt mit den Schultern. „Tja, so ist da nun einmal bei einer Testreihe. Man muss Geduld haben und braucht Testpersonen, deren Geist noch Entwicklungspotenzial hat – Leute wie dich eben, Larry. Das ist alles im Sinne der Wissenschaft und zum Ruhm der Schule – denn wenn der Trank wirkt, wäre vielen schlechten Schülern geholfen! Und jetzt sei brav und trink!"
Larry lässt es über sich ergehen. Doch was ist das? Erst wird sein Gesicht grün, dann orange, dann gelb. Außerdem brabbelt Larry irgendeinen Blödsinn vor sich hin. Er kichert und lacht.
„Hm, das ist wohl doch nicht die richtige Mischung", sagt Sander selbstkritisch.

**Wenn du eingreifst,
lies weiter auf Seite** 54

**Wenn du abwartest,
lies weiter auf Seite** 95

Ein großer düsterer Raum erwartet euch. Ihr schließt die Tür und presst euch an die Wand. Larry macht die Taschenlampe aus.
Hoffentlich entdeckt euch der Hausmeister nicht!
Da schwingt die Tür erneut auf und wird erst von deiner linken Fußspitze gestoppt.
„Hallöchen, sind meine neugierigen Freunde etwa hier drin?", hörst du Anger höhnisch rufen.

Wenn du dich mucksmäuschenstill verhältst,
lies weiter auf Seite 78

Wenn du dem Hausmeister die Tür
vor den Kopf knallst,
um ihn auszuschalten,
lies weiter auf Seite 107

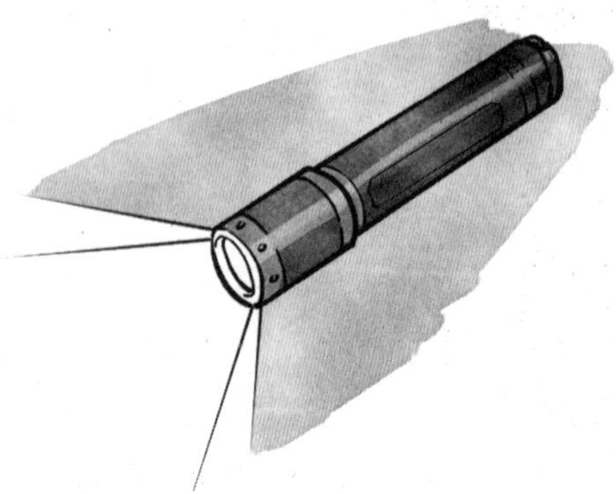

Du fasst das große Tuch an und willst es nur ein kleines bisschen wegziehen, um einen Blick auf die Gestalten zu werfen. Ein Fehler!

Denn das Tuch ist präpariert und fällt auf dich und Dennis herab. Bevor ihr euch befreien könnt, werdet ihr von den unheimlichen Gestalten geschnappt und überwältigt.

Es handelt sich um eine Gruppe von Lehrern, die einst an dieser Schule unterrichteten und nun, nach ihrem Tod, im Internat herumgeistern und Schrecken verbreiten.

Tja, und Zeugen können sie leider nicht brauchen …

Ende

Das Zimmer ist ein einziger Saustall. Überall liegen Klamotten verstreut. Larry lümmelt mit einem Comic auf seinem Bett herum.
Das andere Bett, das dir zugewiesen wird, ist mit seinen Sportsachen belegt.
„Hi, ich bin Tim.“, grüßt du.
„Mir egal“, erwidert Larry, ohne aufzuschauen.
Wow, der ist aber eine Granate, denkst du, bleibst aber freundlich: „Wärst du so nett, deinen Kram von meinem Bett zu räumen?“
„Nein. Ich war zuerst hier. Und noch was: Fass meine Sachen nicht an“, droht Larry.
Okay, der Typ will es nicht anders. Du packst das Laken, reißt es mitsamt den fremden Klamotten vom Bett und wirfst es auf Larry.
„He, bist du verrückt?“, schreit der, krabbelt unter dem Laken hervor und ballt die Fäuste. Doch dann folgt die Überraschung: Er gibt dir die Hand. „He, das war cool! So was mag ich. Ich bin übrigens Larry.“
Du nickst. „Ich weiß. Hab schon einiges von dir gehört.“
Larry winkt ab. „Bestimmt hat die olle Sander wieder Lügen über mich verbreitet. Aber ich werde mich rächen … Ich spiele ihr einen hübschen Streich. Bist du dabei?“

Wenn du bei Larrys Streich nicht mitmachen willst, lies weiter auf Seite 20

Wenn du mitmachst, lies weiter auf Seite 109

Du kehrst um und irrst durch dieses elende Moorgebiet. Nach vielen Stunden schaffst du es irgendwie, dort herauszukommen.
Völlig zerstochen und mit nassen Schuhen stapfst du zum Internat zurück und gönnst dir erst einmal eine Dusche.
Am Abend kehren auch die anderen Schüler mit Sportlehrer Strong zurück. Sie sehen noch viel schlimmer aus als du – Strong hat mit ihnen einen echten Survivaltrip unternommen. Alle jammern und klagen, nur der Sportlehrer ist bestens gelaunt.
„Das war doch echt klasse, oder?", hörst du ihn rufen.
Als er dich sieht, ist es jedoch vorbei mit seiner guten Stimmung. Er staucht dich zusammen, weil du einfach abgehauen bist und er die Verantwortung für alle Schüler – also auch für dich – hatte.
Zur Strafe nimmt er dich auf seine nächste Exkursion mit: Zwei Wochen werdet ihr durch eine Wüste marschieren!
Viel Spaß!

Ende

Auch in den kommenden Wochen hörst du nichts mehr von Larry.

Na ja, er hat dich und diese elende Schule wohl einfach vergessen, denkst du, während du weiter versuchst, ein braver und fleißiger Schüler zu sein.

Und so wird auch Larry irgendwann vergessen – nur hin und wieder erzählt man sich Geschichten über den Schüler, der als einer der chaotischsten in die Chronik des Internats einging.

Ende

Nacht für Nacht schleicht ihr mit Maddy auf den Dachboden. In der Nähe der Tür versteckt ihr euch. Doch die Geister lassen sich nicht blicken – zumindest dort nicht.
Aber dann kommen sie doch mal wieder zu einer ihrer schrägen Lehrerkonferenzen zusammen.
Dennis zwinkert dir zu – dann knufft er Maddy aufmunternd in den Rücken und lässt sie auf die Lehrer los! Konzentriert steuert Dennis die Monsterpuppe mit seinem Smartphone.
Maddy macht mächtig Alarm, und die Lehrer bekommen wirklich einen Mordsschreck.
Einer von ihnen drückt jedoch einen Schalter und Maddy verschwindet durch eine Falltür! Weg ist die liebe Monsterpuppe!
Tja, jetzt seid ihr eurer Geheimwaffe beraubt … und die Geister treiben weiter ihr Unwesen!

Ende

90

Mit weichen Knien gehst du zu dem schwarzen Tümpel. Wie die Brühe wohl schmecken wird?, überlegst du, während du dich dem schlammigen Ufer näherst. Bei jedem Schritt gibt der Boden unter dir nach.

Das Ufer ist abschüssig, und als du dich bückst, um die Flasche ins Wasser zu tauchen, rutschst du aus, verlierst das Gleichgewicht und fällst in den Tümpel.

Platsch!

Igitt, das Wasser ist lauwarm und stinkt. Du versuchst, dich aus der Brühe zu ziehen, doch da ist nichts, woran du dich festhalten kannst. Deine Füße verheddern sich in irgendwelchen Schlingpflanzen!

„Hilfe!", schreist du.

Strong eilt herbei und reicht dir einen langen Ast, an dem du dich aus dem Wasser ziehen kannst.

„Na, immer noch Durst?", fragt er dich grinsend.

Du schüttelst den Kopf. Dir reicht es – und du hast Glück im Unglück: Weil deine Klamotten nass sind, darfst du die fröhlichen Wandervögel verlassen und ins Internat zurück. Da hat sich das unfreiwillige Bad ja doch gelohnt!

Ende

Nette Idee, netter Versuch – aber du gehst die Sache falsch und unüberlegt an. Vor allem gibst du Larry kein Zeichen. Und weil der völlig überrascht wird von deiner Attacke und deshalb für einen Moment wie gelähmt ist, könnt ihr eure Kräfte nicht bündeln.
So hat der Hausmeister leichtes Spiel mit euch und kann euch ohne Mühe nacheinander überwältigen.

Ende

„Gib mir mal die Taschenlampe“, bittest du Larry. Etwas widerwillig reicht er sie dir, und du beginnst, dir die Bücher anzuschauen.
Plötzlich stößt du auf ein interessantes Werk: „Guck mal, das ist eine Chronik des alten Kastens“, sagst du zu Larry.
„Boah, wie spannend“, ätzt Larry. „Lass uns lieber endlich von hier abhauen.“
Doch du vertiefst dich in den Schinken. Darin steht eine Menge über ehemalige Schulleiter und besondere Feste, aber auch über die Geschichte des uralten Gebäudes.
„Wow, hier steht, dass der Schlossherr vor fünfhundert Jahren einen Schatz in diesem Keller versteckt hat. Er hatte Angst vor Raubrittern. Und dieser Schatz wurde nie gefunden …“
Jetzt ist Larry voll bei der Sache. „Meinst du, dass Anger den Schatz sucht und deshalb nicht möchte, dass wir uns hier unten umsehen?“
„Genau das!“, erwiderst du.

**Wenn du dich auf Schatzsuche machst,
obwohl Anger euch gefährlich werden könnte,
lies weiter auf Seite** **10**

**Wenn du lieber versuchst,
aus dem gefährlichen Keller herauszukommen,
lies weiter auf Seite** **82**

Und wenn schon, sagst du dir. Du bist ja nicht blind und wirst gut aufpassen. Außerdem hast du Dennis an deiner Seite. Der ist zwar nicht gerade mutig und popelt ständig, aber er hat etwas in der Birne.

Ihr geht also weiter, bis du plötzlich jemanden murmeln hörst. Dein Puls beschleunigt sich. Wer ist hier oben?

Vorsichtig pirschst du weiter vor, Dennis im Schlepptau. Dein Kumpel schlottert vor Angst.

Dann versperrt euch ein Regal den Weg. Ganz links – das erkennst du im Lichtkegel der Taschenlampe – ist jedoch ein schmaler Durchlass. Aber auf dem Boden liegen mehrere große Rattenfallen mit gespannten Bügeln.

Du weißt … ein falscher Schritt und es heißt: Schmerzen, Schmerzen, Schmerzen!

Dennis zupft dich am Hemd und deutet in eine andere Richtung.

Wenn du Dennis folgst,
lies weiter auf Seite **26**

Wenn du dich nicht aufhalten lässt,
lies weiter auf Seite **73**

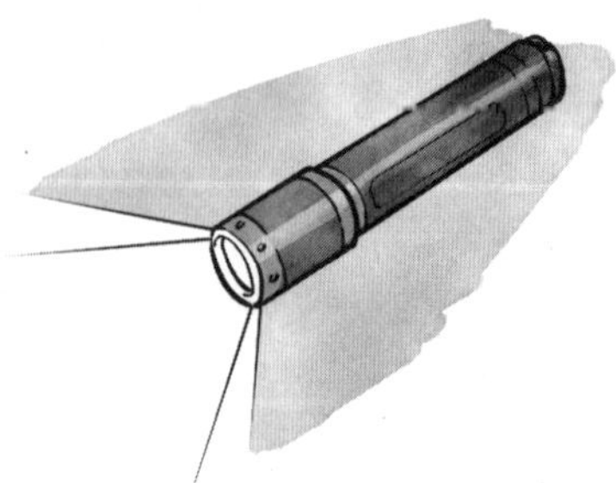

Sander verlässt den Raum, ohne dich zu bemerken. Jetzt kommst du aus deinem Versteck und läufst zu Larry.
Dessen Gesichtsfarbe ist inzwischen wieder normal und er redet auch keinen Blödsinn mehr.
„Hol mich hier raus!", bittet er.
„Aber klar", erwiderst du und versuchst, das Schloss zu knacken. Doch du schaffst es nicht. Mist!
Dann hörst du Schritte nahen und verschwindest wieder hinter dem Kübel.
„So, mein Lieber, jetzt habe ich etwas anderes für dich", sagt Sander.
„Och nö", jammert Larry.
„Keine Widerrede. Tu es für dich, die Schule und die Wissenschaft."
Larry gehorcht erneut – und diesmal geschieht das Wunder: Er wird wirklich superschlau! Er löst in einem atemberaubenden Tempo selbst die schwierigsten Matheaufgaben, die Sander ihm stellt.
Außerdem beherrscht Larry plötzlich mehrere Sprachen!
„Wie herrlich!", jubelt Sander. „Das macht mich … äh … die Schule berühmt!"

Wenn du der Direktorin das Handwerk legen willst, lies weiter auf Seite 11

Wenn du unbedingt auch etwas von dem tollen Trank haben willst, lies weiter auf Seite 72

Du schleichst mit Dennis vom Dachboden.
„Unglaublich, oder?", sagt er zu dir, als ihr in eurem Zimmer seid.
„Allerdings", erwiderst du. „Wir müssen dem Spuk ein Ende bereiten."
Du alarmierst die Polizei, doch die Beamten vermuten, dass du sie auf den Arm nehmen willst: „Geister? Haha! Das glaubt dir doch kein Mensch!"
Mist, du brauchst einen Beweis …
„Sollen wir ein Foto von den Geistern machen?", schlägt Dennis vor.

**Wenn du versuchst,
die Geister zu fotografieren,
lies weiter auf Seite 103**

**Wenn du dir etwas anderes einfallen lässt,
lies weiter auf Seite 114**

„Das ist mir alles viel zu gefährlich", sagst du lahm. „Ich steige lieber aus. Such dir einen anderen Assistenten."
„Feigling", kommentiert der Flinke Jack. „Raus!"
Geknickt verlässt du das Reich des großen Zauberers.
Bei der Schulaufführung einige Wochen später ist nun Dennis der Assistent des Flinken Jack. Die Show wird ein riesiger Erfolg, und nichts geht schief. Der Flinke Jack bekommt eine Menge Beifall – und Dennis auch.
Tja, dieser Beifall hätte auch dir gelten können, wenn du etwas mutiger gewesen wärst.

Ende

Du legst einen Finger auf die Lippen und gibst Dennis ein Zeichen, dass auch er die Ohren spitzen soll.
Und was ihr jetzt hört, verschlägt euch den Atem: Es handelt sich um eine Art Lehrerkonferenz. Doch diese Lehrer scheinen Geister zu sein, die vor vielen Jahren an dieser Schule unterrichteten, längst gestorben sind und jetzt hier herumspuken! Ihr Ziel: Sie wollen den Schülern Angst machen!
Die Geister feilen am Stunden- beziehungsweise Lehrplan. Ihr hört heraus, dass es um Fächer wie Furchtkunde, Bibbern und Zähneklappern, Sportliche Flucht, Nervennagen, Zeugniszittern oder Mathe-Muffensauen geht.
Die schräge Truppe lässt sich die verrücktesten Dinge einfallen, um die armen Schüler zu ärgern, und lacht sich dabei halb kaputt.

**Wenn du dir einen Streich einfallen lässt,
um es den Geistern heimzuzahlen
und sie zu vertreiben,
lies weiter auf Seite** 45

**Wenn du die Polizei alarmieren willst,
um den Geistern das Handwerk zu legen,
lies weiter auf Seite** 96

Anger hat den schweren Hammer als Waffe und ist sehr groß und stark. Nein, jeder Widerstand wäre glatter Selbstmord, denkst du.
Offenbar ist auch Larry dieser Meinung. Denn auch er fügt sich und lässt sich mit dir in den anderen Kellerraum führen.
Die Tür knallt hinter euch zu, ein Schlüssel wird gedreht.
„Auf Nimmerwiedersehen", ruft Anger noch.
Dann seid ihr allein in dem finsteren Loch.
Irgendwann, so hofft ihr, wird euch der Mistkerl schon wieder rauslassen.
Leider trügt euch diese Hoffnung. Anger denkt gar nicht daran …

Ende

Zu Beginn des neuen Schuljahres stehst du mit deinem Koffer vor der Sally Sander's Special School, die vollkommen abgelegen in einem Waldgebiet auf dem Gipfel eines Bergs liegt. Der nächste Ort ist dreißig Kilometer entfernt. Ein Taxi hat dich von diesem Nest, in dem es wenigstens einen Bahnhof gibt, hierhergebracht. Als du dein Ziel genannt hast, hat dich der Fahrer mitleidig angeschaut.
Die Schule sieht aus wie eine alte Ritterburg: ein düsterer Kasten mit dicken Mauern und mehreren Stockwerken. Aus dem Dach ragen Schornsteine wie mahnende Finger. Über dem Eingang prangt der Name der Schule.
Der Himmel ist dunkelgrau, es nieselt. Niemand ist zu sehen, nirgendwo brennt Licht. Hören kannst du auch nichts, nicht das kleinste Geräusch. Ist überhaupt jemand in diesem gruseligen Schuppen?

Wenn du sofort nach Hause fahren willst,
lies weiter auf Seite **12**

Wenn du die Schule betrittst,
lies weiter auf Seite **55**

ally Sander's Special School

Endlich gibt das Handy Ruhe. Du kümmerst dich nun wieder um deine eigenen Sachen: pauken, pauken, pauken.
Da du ja eigentlich ein unglaublich fauler Mensch bist, fällt dir das verdammt schwer. Dank der „Fürsorge“ Mrs Sanders und ihrer lieben Kollegen wird aus dir zwar kein richtig guter Schüler, aber immerhin wirst du versetzt.
Das ist doch was!
Und Larry? Von dem hörst du leider nie wieder etwas.

Ende

Okay, Dennis hat mal wieder eine gute Idee, denkst du. Hätte ich auch selbst draufkommen können …
Dennis kommt jedoch nicht mit, weil er zu viel Angst hat. Und so toll, wie du gedacht hast, ist seine Idee auch nicht, stellst du wenig später fest. Ganz im Gegenteil.
Denn als du dich an die Lehrerrunde herangeschlichen hast und mit dem Handy das Foto machst, vergisst du leider, den Blitz auszuschalten. Das grelle Licht bringt die Geister auf deine Spur! Sie schnappen dich und machen dich zu ihrem Referendar!

Ende

104

Du schleichst mit Dennis und seiner Monsterpuppe noch mal auf den Dachboden. Die Geister sind nicht da – sehr gut! Du ziehst das Tuch weg, hinter dem die Geister über ihren Stundenplan gesprochen hatten. Dort stehen ein ovaler Tisch mit mehreren Stühlen sowie eine Standuhr. Das alte Ding bringt dich auf eine Idee. Wispernd weihst du Dennis ein. Er ist begeistert von deinem Plan!

Noch am selben Abend schlägt eure Stunde. Als die Geister wieder konferieren, öffnet sich plötzlich die Tür der Standuhr, hinter der das Pendel verborgen ist.
„Was ist da los?“, kreischen die Geisterlehrer.
Na, was wohl? Maddy ist los, gesteuert per Handy von Dennis!
Mit einem fiesen Grinsen auf ihrem vernarbten Gesicht kommt die Monsterpuppe auf die Geister zu. Die springen von ihren Stühlen auf und weichen zurück: „Wo kommt das Ding her?“
„Aus der Uhr, ihr Pappnasen!“, schrillt Maddys Stimme. „Und ihr haut jetzt hier ab. Das ist ab jetzt mein Dachboden.“
„Oje, das Ding kann auch noch sprechen!“, rufen die Geister.
„Und pupsen!“, jubelt Maddy und tut es. Was für ein Donner!
Das ist nun wirklich zu viel für die geisterhaften Lehrer. Sie entweichen durch den Schornstein und lassen die Schule für immer in Ruhe!

Ende

„Was machen Sie hier?“, fragst du und deutest auf die Wand. „Das geht dich nichts an!“, ruft Anger. „Nur so viel: Bei dem, was ich hier tue, kann ich keine Zeugen brauchen. Also werdet ihr jetzt verschwinden.“

„Kein Problem, wir sind schon unterwegs. Sie müssen uns nur verraten, wie wir aus diesem Labyrinth herausfinden“, sagst du.

„Nichts da, ihr bleibt hier!“, knirscht der Hausmeister und will euch in einen anderen Raum schieben.

**Wenn du dich wehrst,
lies weiter auf Seite 66**

**Wenn du ganz brav bleibst,
lies weiter auf Seite 99**

106

Du nickst. Da nimmt Marie dich an der Hand und führt dich zum Grabstein. Dort stellt sie sich auf die Zehenspitzen und haucht dir einen Kuss auf die Wange. Plötzlich spürst du eine Veränderung in dir: Es ist, als flösse eiskaltes Wasser durch deine Venen. Doch das ist dir noch nicht einmal unangenehm. Marie lächelt dich an und zieht dich in den Stein hinein. Du fürchtest, dir den Kopf anzuschlagen, doch nichts dergleichen passiert – das harte Material ist wie Luft.

Dir wird klar, dass du dich verwandelt hast – du bist jetzt wie Marie. Doch das erfüllt dich nicht mit Schrecken, sondern mit einer gewissen Vorfreude.

Marie führt dich eine Treppe hinunter in ihr Reich – einen großen Raum kalten Raum voller Schulbücher.

„Hier lerne ich“, sagt Marie und lächelt. „Tja, und vielleicht habe ich jetzt mehr Erfolg. Denn nun bist du an meiner Seite und kannst mich abfragen. Auf geht's!“

Ende

Bong! Das hat richtig hübsch gekracht!
Du schaust hinter die Tür, um zu überprüfen, wie es dem Hausmeister geht.
Besser als erhofft …
Anger schüttelt sich ein paar Mal, dann schreit er dich an: „Warst du das?“
Langsam nickst du.
„Na warte, das wirst du mir büßen!“, bellt der Hausmeister.
Das Letzte, was du siehst, ist der Hammer, der auf dich zufliegt.

Ende

108

Endlich ist die Nacht vorbei!
Müde und mit steifen Gelenken stehst du auf. Deinen Mitschülern geht es kaum besser. Nur Sportlehrer Strong ist bester Dinge.
„Aufwachen mitten in der Natur! Ist das nicht herrlich?", ruft er. „Und jetzt geht's weiter! Hopp, hopp!"
Nach einem Marsch über zwanzig Kilometer erreicht ihr endlich das Internat. Du bist völlig kaputt, aber auch glücklich, diesen Horrortrip überlebt zu haben – und du schwörst dir: Nie wieder machst du einen Ausflug mit Siggi Strong!

Ende

Larrys Plan ist nicht besonders einfallsreich oder neu, aber höchst wirksam: Er tröpfelt etwas Sekundenkleber auf Sanders Stuhl. Du stehst Schmiere.
Die Schulleiterin sieht das durchsichtige Zeug nicht und setzt sich. Prompt klebt der Stuhl an ihrem Hintern. Sander wird wahnsinnig wütend, sie tobt und schreit.
Und ihr? Ihr lacht euch weg! Was für ein herrlicher Spaß!
Sander humpelt mit dem Stuhl am Po aus dem Klassenzimmer, damit Hausmeister Ed Anger sie von dem lästigen Anhängsel befreit.
Nachdem sie sich umgezogen hat, stürmt Sander wieder ins Klassenzimmer.
„Ich will wissen, wer das war!", keift sie.
Larry und du schweigen – genau wie die anderen Schüler.
„Na schön, das wollen wir doch mal sehen!", ruft die Direktorin. „Taschenkontrolle!"
Und es kommt, wie es kommen muss: Sander entdeckt bei Larry den Kleber! Weil du ihn nicht im Stich lassen willst, gestehst du, ihm geholfen zu haben. Zur Strafe werden euch die Handys und Computer abgenommen – für drei Monate!
Als ihr auf eurem Zimmer seid, ruft Larry: „Das ist total ungerecht. Ich haue hier ab! Kommst du mit?"

Wenn du mit Larry fliehst,
lies weiter auf Seite **65**

Wenn du lieber in der Schule bleibst,
lies weiter auf Seite **74**

Fünf Prozent – was für ein mickriger Deal … Aber besser als
110 nichts, denkst du dir und willigst ein. Auch Larry ist einverstanden.

Der Hausmeister treibt euch in den Raum, in dem er nach dem Schatz gräbt.

Ihr schuftet jetzt mit – es ist eine wahre Knochenarbeit. Doch sie lohnt sich, denn schließlich stoßt ihr in einem Verlies, das hinter der Mauer liegt, auf eine Schatzkiste, die randvoll ist mit Goldmünzen.

„Hurra, ich bin reich!“, jubelst du.

„Nein, das bist du nicht“, sagt Anger leise. Plötzlich hat er eine Pistole in der Hand.

Er bedroht dich und Larry damit und sperrt euch in dem Verlies ein. „Vielen Dank für eure Hilfe beim Graben, aber ich habe nie daran gedacht, mit euch zu teilen!“, sagt Anger.

Dann verschwindet der Mistkerl lachend.

Ihr ruft um Hilfe und habt mächtig Glück. Nach zwei Tagen findet euch ein Handwerkertrupp, der einen Wasserschaden im Keller beheben soll.

Ihr werdet gerettet, doch Ed Anger und der Schatz bleiben unauffindbar.

Ende

„Nein!", stößt du hervor.
„Sei kein Dummkopf, zwei Genies sind genau eines zu viel!", versucht Sander dich umzustimmen.
„Nein!", wiederholst du. „Lassen Sie Larry sofort frei!"
Widerstrebend gehorcht die Schulleiterin.
Larry ist dir natürlich unendlich dankbar. Dann bekommst du ein ganzes Glas voll mit dem Wundertrank.
Und auch bei dir wirkt er!
Larry und du werdet die besten Schüler.
Nach dem Abschluss macht Larry Karriere als Professor an einer Universität.
Und du?
Viele Jahre später, als Sally Sander in Rente gegangen ist, wirst du ihr Nachfolger als Schulleiter an der Sally Sander's Special School!
Herzlichen Glückwunsch!

Ende

Ne, bloß nicht!
Da auch keiner der anderen Schüler den Mut aufbringt, bleibt euch nichts anderes übrig, als Strong hungrig und durstig zu folgen.
Gegen Abend kommt ihr aus dem Moor heraus und erreicht eine Lichtung. „Hier werden wir übernachten“, sagt Strong.
„Wie bitte? Wir haben doch gar keine Zelte dabei! Und nichts zu essen!“, rufst du empört.
Der Lehrer lacht. „Wer braucht schon ein Zelt, du Püppchen? Ihr werdet unter freiem Himmel schlafen und zu den Sternen hinaufschauen. Das Moos wird euer Bett sein. Und wenn ihr Hunger habt: Die Natur bietet so viel, zum Beispiel Schnecken, Pilze und Wurzeln!“ Strong schnappt sich einen großen Käfer und schiebt ihn sich in den Mund. „Lecker!“
Du bist restlos bedient. Natürlich verzichtest du auf den Käfer-Snack. Immerhin kannst du deinen Durst an einem Bach löschen. Und einer der Mitschüler hat ein paar Kekse dabei, die er mit euch teilt. Immerhin.
Als es dunkel wird, legt ihr euch schlafen. Es ist kühl und feucht. Du bist stinksauer auf Strong.

**Wenn du Strong einen Streich spielst,
lies weiter auf Seite** **58**

**Wenn du dich nicht traust,
Strong einen Streich zu spielen,
lies weiter auf Seite** **59**

Du wirst ein Blitzlicht brauchen, um die Geister auf dem düsteren Dachboden zu fotografieren … und genau dieses Blitzlicht würde dich verraten.

Stattdessen entscheidest du dich für eine Aufnahme mit der Diktierfunktion deines Handys.

Dennis ist das zu gefährlich, er bleibt im Zimmer.

Aber du schleichst erneut auf den Dachboden. Die Lehrer diskutieren noch immer über ihren Stundenplan, und du nimmst das Gespräch auf. Unbemerkt gelingt dir wenig später der Rückzug.

Dann meldest du dich erneut bei der Polizei und lieferst ihnen deine Aufnahme. Die Beamten sind immer noch skeptisch, schicken aber wenigstens eine Streife vorbei.

Die beiden Polizisten schauen sich auf dem Dachboden gründlich um – doch sie können rein gar nichts entdecken. Die Geister haben sich verkrümelt.

„Na, junger Mann, da war ja wohl nichts", pflaumen sie dich an. „Du hast wohl zu viel Fantasie, was?"

Du wagst nicht zu widersprechen – und die Geister machen ungestört weiter, nachdem die Beamten verschwunden sind.

Ende

Mann, ist die Kiste schwer! Aber es gelingt dir irgendwie, das Ding zu schultern. Gebeugt unter der Last wankst du aus dem Kellerraum.
Und jetzt? Wohin?
Egal, erst einmal weg, bevor Larry zurückkommt!
Also marschierst du aufs Geratewohl los. Ein wenig plagt dich dein schlechtes Gewissen schon, aber die Gier ist stärker. Außerdem hat Larry doch so reiche Eltern. Du kannst das Gold viel besser brauchen als er, oder?
Mag sein, aber um dir mit Gold ein schönes Leben machen zu können, musst du erst mal aus diesem Kellerlabyrinth herauskommen.
Und genau da liegt das Problem – du schaffst es nicht … Stundenlang irrst du dort unten herum. Dann brichst du unter der Last des Goldes zusammen und du weißt: Du wirst hier niemals herauskommen …

Ende

Plötzlich hört ihr ein Klopfen und Hämmern.
Dir gefriert das Blut in den Adern. Wer ist hier unten? Auch Larry gerät in Panik.
„Sollen wir nicht lieber abhauen?“, fragt er dich.
„Nein, ich will wissen, wer oder was das ist“, erwiderst du kühn. Larry gibt dir die Taschenlampe, und nun bist du es, der vorangeht.
Ihr nähert euch Schritt für Schritt der Geräuschquelle und erreicht schließlich eine Holztür. Sie steht einen Spalt offen. Ein Lichtschimmer ist zu sehen.
Wer ist da?, fragst du dich erneut. Dein Herz pocht, als du die Tür ein wenig weiter öffnest. Da geschehen zwei Dinge gleichzeitig – zum einen quietscht die Tür und zum anderen wirbelt eine Gestalt, die euch den Rücken zugewandt hat, herum.
Es ist Hausmeister Ed Anger! Er scheint gerade dabei zu sein, eine Mauer aufzustemmen.
„Was zum Teufel habt ihr hier verloren?“, schreit er und stürmt mit dem Hammer in der Hand auf euch zu.

**Wenn du mit Larry fliehst,
lies weiter auf Seite** 50

**Wenn du darauf hoffst,
dass der Hausmeister euch den Weg
zurück zu eurem Zimmer zeigt,
lies weiter auf Seite** 105

Leseprobe aus dem
Ravensburger Taschenbuch 52572
„Konsole der 1000 Gefahren“
von Fabian Lenk

Endlich hast du die Hausaufgaben erledigt! Jetzt gibt es nur noch eins: Ran an die Konsole, das neue Fußballspiel wartet auf dich. Flanken, köpfen, Tor schießen. Grätschen, foulen, Karten sammeln. Das ist genau dein Ding!

„Alex?" Das ist die Stimme deiner Mutter, die durch den Flur in dein Zimmer schallt.

„Ja", rufst du zurück und seufzt.

„Bringst du bitte den Müll raus?"

Grrrr! Du willst an der Konsole spielen und nicht eine stinkende Tüte durchs Haus schleppen. Schon gar nicht jetzt!

„Kann das nicht Kati machen?", erwiderst du und hoffst, dass deine Schwester den Zuschlag bekommt.

Irrtum. Deine liebe Mama hat dich auserkoren für den tollen Job.

„Alexander, ich mag solche Diskussionen nicht!", sagt sie.

Immer, wenn deine Mutter Alexander statt Alex sagt, weißt du, dass sie es ernst meint. Sehr ernst.

Wieder seufzt du. Ergeben legst du das Gamepad beiseite und trottest in die Küche.

„Lieb von dir", flötet deine Mutter.

Wortlos schnappst du dir den Müllbeutel und bringst ihn raus zur großen schwarzen Tonne hinter der Garage.

Lies weiter auf Seite 116

8

Mit größter Überwindung löffelst du die grünliche Brühe, in der einige knorpelige Bröckchen schwimmen, in dich hinein. Sie schmeckt, wie sie aussieht: furchtbar.
Aber während du tapfer isst, klettert deine Lebensenergieanzeige in den grünen Bereich. Du fühlst dich plötzlich extrem stark und mächtig. Du bist bereit, es mit jedem aufzunehmen.
„Danke, gute Frau", sagst du und verlässt ihre Hütte.
Du schwingst dich auf dein Pferd und begibst dich auf eine abenteuerliche Reise durch die Welt des Konsolenspiels. Du gewinnst jeden Kampf und jedes Turnier.
Du scheinst unbesiegbar.
Und wenn du doch mal einen Treffer abbekommst und verletzt wirst, wenn die Energieleuchte langsam rot wird – dann weißt du ja, wo du hingehen musst, um wieder zu Kräften zu kommen …
Jedes Mal päppelt dich die alte Frau mit ihrem Geheimtrank auf und dank ihrer Hilfe wirst du zum Star in diesem Konsolenspiel!

Ende

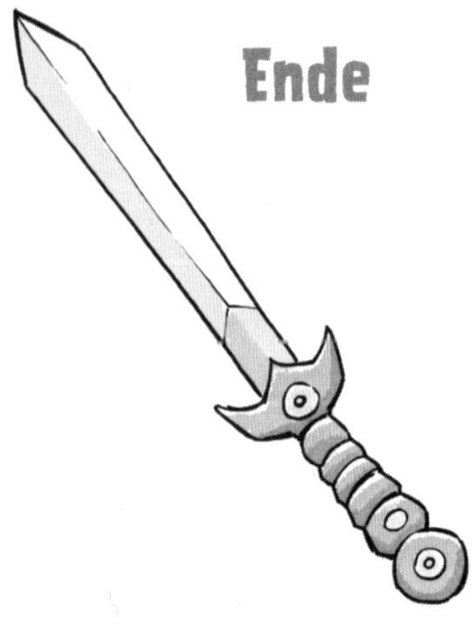

Du stutzt. Was ist das für ein komischer Text? Du liest ihn noch einmal:
Hi Alex. Wir wissen, dass du ein besonders guter Gamer bist. Du hast eine Menge Tricks drauf und bist extrem schnell. Außerdem hast du gute Nerven. Daher haben wir dich ausgesucht, um ein ganz besonderes Spiel auszuprobieren. Ein Spiel, das du nie vergessen wirst.
Dir läuft ein Schauder den Rücken hinunter. Woher kennen die deinen Namen? Wer ist der Absender der SMS?
Du scrollst ganz nach unten. Absender? Fehlanzeige.
Hm, komisch. Neugierig, wie du bist, liest du oben weiter:

Es wurden nur ganz wenige Gamer der Extraklasse ausgesucht. Niemand sonst weiß davon. Alles ist streng geheim. Wenn du mitspielen willst, komm heute Abend um 21 Uhr in die Schwarze Allee 177.
Du googelst diese Straße. Die Adresse liegt am Stadtrand.

Wenn du hingehst,
lies weiter auf Seite **80**

Wenn du nicht hingehst,
lies weiter auf Seite **115**

10

„Vielen Dank, aber irgendwie habe ich doch keinen Hunger", sagst du und wendest dich zum Gehen. Das Zeug rührst du niemals an, das ist garantiert das pure Gift!
„Wie bitte? Ich will mein karges Mahl mit dir teilen, und du lehnst ab – Frechheit!", keift die Alte.
Du hast schon den Türgriff in der Hand, als sich ein Messer neben dir ins Holz bohrt.
Du wirbelst herum und ziehst das Schwert. Die Frau springt auf dich zu und tritt dir die Waffe aus der Hand. Dann verpasst sie dir einen Satz warme Ohren. „Dir werde ich Manieren beibringen!", schreit sie, zieht dich an den Haaren und tritt dir in den Hintern, dass du quer durch den Raum fliegst. Hilfe!, denkst du, wieso ist diese kleine alte Frau so unglaublich stark?
Klar, es ist ein Konsolenspiel, das hat nichts mit der Wirklichkeit zu tun.
Zack, schon bekommst du noch eine Ohrfeige. Und einen weiteren Tritt in den Hintern, der dich aus der Hütte befördert.
Deine Lebensenergieanzeige flackert noch einmal auf, dann heißt es: Game over.
Darunter steht ein hämischer Zusatz:
Ausgeschaltet von einer 128-Jährigen!

Ende

Bestimmt wird sich alles klären lassen. Vielleicht gelingt es dir ja auch, den Händler zur Aufgabe und dann sogar zur Zusammenarbeit mit der Polizei zu überreden.
Nein, das gelingt dir nicht.
Denn als der Mann in eurem Haus ist, zieht er eine Pistole und verlangt die Herausgabe der CD.
Notgedrungen gehorchst du. Der Kerl schließt dich im Keller ein und entkommt.
Erst Stunden später kannst du dich befreien. Natürlich gehst du zur Polizei – aber die Fahndung verläuft ergebnislos.
Von dem Händler und der CD hörst du nie wieder etwas.

Ende

12 Spaßeshalber nimmst du hinter dem Steuer Platz und legst den Gurt an. Auch die anderen Jugendlichen tun das.
Aber was ist das? Plötzlich springt der Motor an – wie von Geisterhand. Gleichzeitig erscheint auf dem Bildschirm in der Mitte des Armaturenbretts das Gesicht eines jungen Mannes.
„Hi, ich bin Arthur", sagt er freundlich und deutet auf eine Konsole und ein Gamepad. „Ich steuere dich und das Auto."
„Wie bitte?", fragst du entsetzt.
„So ist es", meint Arthur. „Da gilt auch für die anderen Wagen. Sie werden ebenfalls von Leuten an ihren Konsolen gesteuert – online. Die Strecke wird komplett mit Kameras überwacht und alles auf die Bildschirme der Gamer übertragen. Cool, oder?"
„Nein!", rufst du.
„Doch!", lacht Arthur. „Du wirst als mein von mir gesteuerter Fahrer gegen die anderen antreten. Du lenkst zwar nicht den Wagen, aber kannst allerlei Waffen gegen die anderen einsetzen, um ihre Autos zu demolieren."
„Niemals!"
„Klar, so machen wir es!", ruft Arthur. „Und noch was: Ich will das Rennen gewinnen. Es geht um zehntausend Euro. Also enttäusch mich nicht! Ich gebe dir auch die Hälfte ab."

**Wenn du zum Schein mitmachst,
um diesen Irren das Handwerk zu legen,
lies weiter auf Seite** **27**

**Wenn du versuchst,
aus dem Auto herauszukommen,
lies weiter auf Seite** **95**

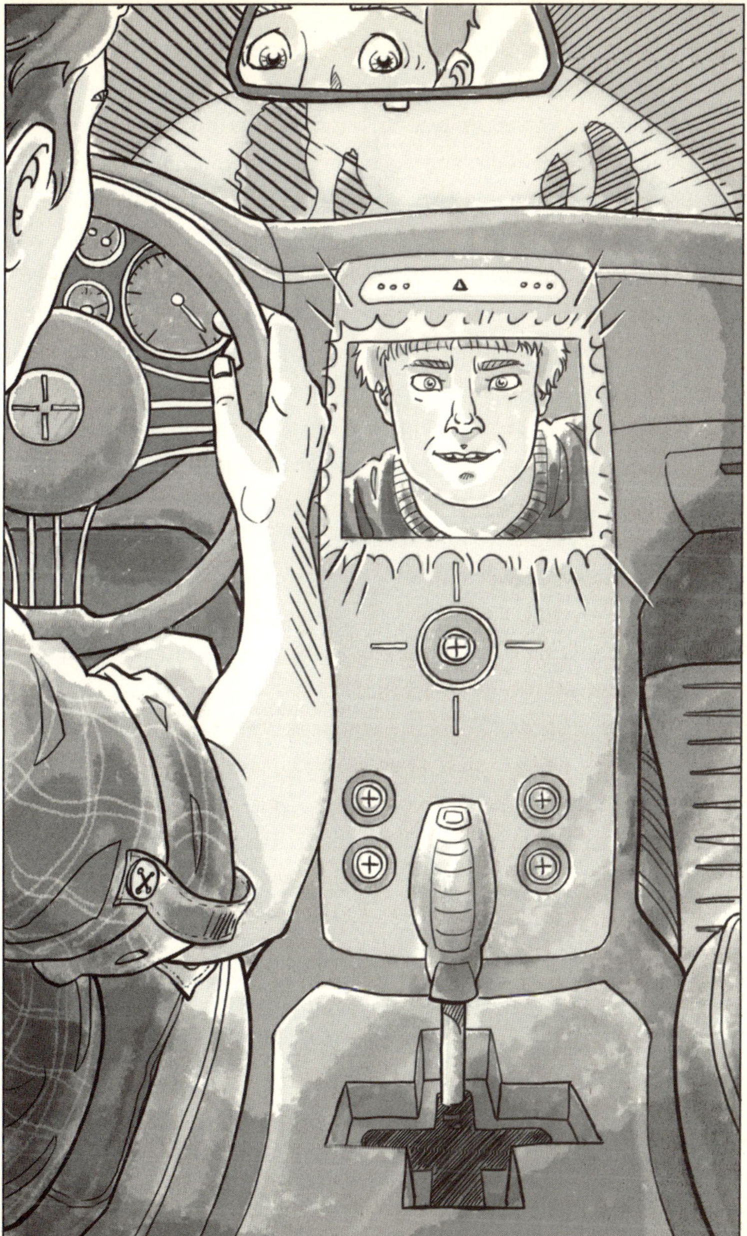

Du winkst, der Wagen hält. Am Steuer sitzt ein uralter Mann.
14 Auch das noch …

Du sagst, worum es geht, und der Alte zeigt auf den Beifahrersitz. „Setz dich. Die Typen holen wir ein. Denen werden wir schon das Handwerk legen!"

„Wirklich? Mit diesem Auto?"

Der Alte grinst. „Aber hallo! Der Wagen hat über 400 PS."

Wie bitte? Das kannst du kaum glauben – bis der Mann Gas gibt. Der Motor brüllt und faucht, das Auto schießt los. Nach zehn Sekunden zittert die Tachonadel bei 260 km/h. Wow!

Schon siehst du die Meute der Spielerautos. Ihr fliegt förmlich heran, der Alte rammt das erste Auto ganz leicht von hinten, sodass es von der Piste trudelt. Schüsse peitschen, doch dein Fahrer winkt ab: „Kein Ding, alles Panzerglas."

Er kickt noch zwei andere Autos von der Bahn und ist jetzt an erster Stelle. Ein Knopfdruck, und vier Nagelbretter fallen auf die Straße. Die Reifen der anderen Autos knallen wie Sektkorken. Alle bleiben stehen. Da bremst auch der alte Mann, zieht einen Revolver, läuft zu den armen Jugendlichen hinter den Lenkrädern und befreit sie. Dann ruft er die Polizei.

Lächelnd dreht er sich zu dir um: „Tja, gelernt ist gelernt. Ich war früher auch Polizist und habe Raser auf der Autobahn gejagt!"

Ende